# TRANZLATY

## La Langue est pour tout le Monde

### Bahasa adalah untuk semua orang

# La Métamorphose

## Metamorfosis

## Franz Kafka

## Français
## Bahasa Melayu

www.tranzlaty.com

**Première partie**
Bahagian Satu

**Gregor Samsa se réveilla un matin après des rêves agités.**
Gregor Samsa terjaga pada suatu pagi daripada mimpi yang mengganggu.
**Il se retrouva dans son lit, incapable de bouger.**
Dia mendapati dirinya berada di atas katilnya, tetapi tidak dapat bergerak.
**Il avait été transformé en un monstre vermineux.**
Dia telah berubah menjadi seekor hama yang mengerikan.
**Il était allongé sur le dos, une carapace dure comme une armure.**
Dia berbaring terlentang, yang keras seperti perisai.
**En relevant légèrement la tête, il pouvait voir son ventre.**
Dengan mengangkat kepalanya sedikit dia dapat melihat perutnya.
**Mais son ventre était bombé et divisé en segments.**
Tetapi perutnya berbentuk kubah, dan terbahagi kepada beberapa bahagian.
**La couverture reposait sur son ventre arrondi.**
Selimut itu diletakkan di atas perutnya yang bulat.
**Mais la couverture était sur le point de glisser complètement.**
Tetapi selimut itu hampir meluncur ke bawah sepenuhnya.
**Ses jambes étaient pitoyables comparées à leur taille habituelle.**
Kakinya sangat menyedihkan berbanding saiznya yang biasa.
**Et ses nombreuses pattes s'agitaient impuissantes devant ses yeux.**
Dan kakinya yang banyak berkelip-kelip tak berdaya di depan matanya.
**« Que m'est-il arrivé ? » se demanda-t-il.**
"Apa yang telah terjadi kepadaku?" fikirnya sendirian.
**Mais ce n'était pas un rêve dont il ne pouvait se réveiller.**
Tetapi itu bukanlah mimpi yang dia tidak dapat bangun daripadanya.

**Il se trouvait bel et bien dans sa propre chambre.**

Ia benar-benar biliknya sendiri yang dia berada di dalamnya.

**Une vraie chambre pour des humains, mais un peu trop petite.**

Bilik sebenar untuk manusia, tetapi agak terlalu kecil.

**Il gisait tranquillement entre les quatre murs bien connus.**

Dia berbaring dengan tenang di antara empat dinding yang terkenal itu.

**Sur la table se trouvait une collection d'échantillons de textiles.**

Di atas meja terdapat koleksi sampel tekstil.

**Samsa était un vendeur ambulant, d'où les échantillons.**

Samsa ialah seorang jurujual keliling, oleh itu sampel-sampel itu diambil.

**Au-dessus des échantillons de textile désassemblés se trouvait une image.**

Di atas sampel tekstil yang telah dibongkar terdapat sebuah gambar.

**Il avait récemment découpé la photo dans un magazine.**

Dia baru-baru ini telah memotong gambar itu daripada sebuah majalah.

**Il avait placé le tableau dans un joli cadre doré.**

Dia telah meletakkan gambar itu dalam bingkai yang cantik dan disepuh emas.

**Le tableau encadré représentait une dame assise bien droite.**

Gambar berbingkai itu menggambarkan seorang wanita duduk tegak.

**Elle portait un chapeau de fourrure et un manchon de fourrure.**

Dia memakai topi bulu, dan memakai sarung tangan bulu.

**Elle levait la main en direction du spectateur.**

Dia mengangkat tangannya ke arah pemapar gambar itu.

**Son avant-bras entier disparaissait dans son épais manchon de fourrure.**

Seluruh lengan bawahnya hilang di dalam sarung tangan berbulu tebalnya.

**Gregor regarda par la fenêtre le temps maussade.**

Gregor memandang melalui tingkap ke arah cuaca yang
suram.
**On pouvait entendre les grosses gouttes de pluie frapper la
fenêtre.**
Terdengar titisan hujan lebat menghempas tingkap.
**Le temps gris le rendait très mélancolique.**
Cuaca yang mendung membuatnya berasa sangat melankolis.
**« Et si je dormais un peu plus longtemps ? » pensa-t-il.**
"Apa kata aku tidur lebih lama sikit?" fikirnya.
**« Dormir davantage m'aiderait peut-être à oublier ces
bêtises. »**
"Tidur lebih lama mungkin boleh bantu aku lupakan benda
mengarut ni."
**Mais dormir plus longtemps était totalement impossible.**
Tetapi untuk tidur lebih lama langsung tidak mungkin.
**Parce qu'il avait l'habitude de dormir sur le côté droit.**
Kerana dia sudah biasa tidur mengiring ke kanan.
**Mais son état actuel l'empêchait d'effectuer ses mouvements
habituels.**
Tetapi keadaannya sekarang menghalang pergerakannya
yang biasa.
**Il n'avait aucun moyen de se retrouver dans cette situation.**
Dia langsung tidak mempunyai cara untuk berada dalam
kedudukan ini.
**Il fit de son mieux pour se jeter sur son côté droit.**
Dia cuba sedaya upaya untuk meniarap ke sebelah kanan.
**Il a probablement tenté ce mouvement une centaine de fois.**
Dia mungkin telah mencuba pergerakan ini seratus kali.
**Mais il revenait toujours en position couchée sur le dos.**
Tetapi dia sentiasa bergoyang kembali ke posisi terlentang.
**Il ferma les yeux pour ne pas voir ses jambes qui s'agitaient.**
Dia memejamkan matanya supaya tidak melihat kakinya yang
terhuyung-hayang.
**Finalement, la douleur l'a empêché de réessayer.**
Akhirnya kesakitannya menghalangnya daripada mencuba
lagi.

Une douleur sourde au flanc qu'il n'avait jamais ressentie auparavant.

Rasa sakit yang tumpul di sisinya yang tidak pernah dirasainya sebelum ini.

« Oh mon Dieu », pensa désespérément Gregor Samsa.

"Ya Tuhan," Gregor Samsa berfikir dengan terdesak dalam hati.

« Quel métier pénible j'ai choisi ! »

"Betapa beratnya profesion yang telah saya pilih untuk diri saya sendiri!"

« Je dois voyager tous les jours pour le travail. »

"Hari demi hari, saya perlu melancong ke sana ke mari untuk urusan kerja."

« Le travail de bureau est beaucoup plus facile que le travail sur la route. »

"Kerja pejabat jauh lebih mudah daripada bekerja di jalan raya."

« Et j'ai la malédiction de devoir voyager constamment. »

"Dan saya mempunyai sumpahan untuk terpaksa mengembara ke sana ke mari."

« Toutes ces inquiétudes liées au fait d'être à l'heure pour les trains. »

"Semua kebimbangan tentang tiba tepat pada masanya untuk menaiki kereta api."

« Mes horaires de repas sont irréguliers et la nourriture est mauvaise. »

"Waktu makan saya tidak teratur, dan makanannya tidak sedap."

« Mes amis changent constamment de ville. »

"Kawan-kawan saya sentiasa bertukar dari bandar ke bandar."

« Mes interactions sont froides et professionnelles. »

"Interaksi saya adalah dingin dan profesional."

«Que le diable s'amuse avec ce genre de travail !»

"Biarlah Iblis menghiburkan dirinya dengan kerja macam ni!"

Il ressentit une légère démangeaison en haut de l'estomac.

Dia terasa sedikit gatal di bahagian atas perutnya.

Il s'appuya contre le montant du lit, le dos contre le sol.

Dia menolak dirinya ke tiang katil, dengan belakangnya.

**Il voulait pouvoir mieux lever la tête.**

Dia mahu dapat mengangkat kepalanya dengan lebih baik.

**Il a trouvé l'endroit qui le démangeait.**

Dia menemui tempat gatal yang menggangunya.

**Sa tête semblait recouverte de petits points blancs.**

Kepalanya seolah-olah dipenuhi dengan bintik-bintik putih kecil.

**Il ne pouvait pas dire ce que représentaient ces petits points blancs.**

Dia tidak dapat memastikan apakah titik-titik putih kecil ini.

**Il avait prévu de toucher l'endroit avec une de ses jambes.**

Dia telah merancang untuk menyentuh tempat itu dengan sebelah kakinya.

**Mais lorsqu'il toucha l'endroit, il ressentit un étrange frisson.**

Tetapi apabila dia menyentuh tempat itu, dia merasakan kesejukan yang aneh.

**Il a donc immédiatement retiré sa jambe.**

Jadi dia segera menarik kakinya menjauhi tempat itu.

**Il n'avait d'autre choix que d'accepter cette sensation de démangeaison.**

Dia tiada pilihan selain menerima rasa gatal itu.

**Et il reprit sa position initiale dans le lit.**

Dan dia kembali ke posisi sebelumnya di atas katil.

**«Se réveiller si tôt rend vraiment stupide.»**

"Bangun awal sangat membuatkan seseorang itu agak bodoh."

**« Un homme doit dormir suffisamment », pensa-t-il.**

"Seorang lelaki mesti cukup tidur," fikirnya dalam hati.

**« Les autres représentants de commerce mènent une vie de luxe. »**

"Jurujual keliling yang lain menjalani kehidupan yang mewah."

**« Le matin, je transfère les ordres que j'ai reçus. »**

"Pada waktu pagi saya akan memindahkan pesanan yang saya terima."

« Pendant ce temps, ces messieurs prennent encore leur
petit-déjeuner. »
"Sementara itu, tuan-tuan itu masih bersarapan."
« Imaginez un peu si j'essayais de faire ça avec mon patron. »
"Bayangkan sahaja jika saya cuba melakukan itu dengan bos
saya."
«Il me licenciait avant même que j'aie fini mon petit-
déjeuner.»
"Dia akan memecat saya sebelum saya selesai sarapan pagi."
« Mais ce ne serait peut-être pas le pire non plus. »
"Tetapi mungkin itu juga bukan perkara yang paling teruk."
«Le problème, c'est que mes parents me freinent.»
"Masalahnya ialah ibu bapa saya menghalang saya."
« Sans eux, j'aurais déjà démissionné. »
"Kalau bukan kerana mereka, saya pasti sudah meletak
jawatan."
« J'aurais tenu tête au patron et je lui aurais dit. »
"Saya pasti akan menentang bos dan memberitahunya."
« Je dirais exactement ce que je pense de lui et de son travail.
»
"Saya akan mengatakan apa yang saya fikirkan tentang dia
dan pekerjaan itu."
« Il tomberait de son bureau si je lui racontais tout ! »
"Dia akan jatuh dari mejanya kalau aku ceritakan semuanya!"
« Sa façon de s'asseoir à son bureau est très étrange. »
"Sangat pelik cara dia duduk di atas mejanya."
« Sa façon de parler à ses subordonnés n'est pas correcte. »
"Cara dia bercakap dengan orang bawahannya tidak betul."
« Et le pire, c'est que son ouïe est très mauvaise. »
"Dan bahagian yang paling teruk ialah pendengarannya
sangat lemah."
«Vous n'avez donc pas d'autre choix que de vous asseoir très
près de lui.»
"Jadi, awak tak ada pilihan selain duduk dekat dengan dia."
« Cela dit, l'espoir n'est pas encore totalement perdu. »
"Tetapi walaupun begitu, harapan masih belum hilang
sepenuhnya."

« Je vais économiser cet argent pour rembourser les dettes de mes parents. »
"Saya akan menyimpan wang itu untuk membayar hutang ibu bapa saya."
« Je ne peux rien faire tant qu'ils lui doivent de l'argent. »
"Saya tak boleh buat apa-apa selagi mereka masih berhutang wang kepadanya."
« Mais une fois la dette remboursée, je le ferai sans aucun doute. »
"Tetapi apabila hutang itu dibayar, saya pasti akan melakukannya."
« Cela prendra probablement encore cinq à six ans. »
"Ia mungkin akan mengambil masa lima hingga enam tahun lagi."
« Oui, alors la grande séparation aura certainement lieu. »
"Ya, kalau begitu pemisahan besar pasti akan dibuat."
« Pour le moment, je dois me lever. »
"Buat masa ini, saya mesti bangun dari katil."
« Parce que mon train part à cinq heures. »
"Sebab kereta api saya akan berlepas pukul lima."
Gregor regarda le réveil qui tic-tac sur la table.
Gregor memandang jam loceng yang berdetik di atas meja.
« Père céleste ! » pensa-t-il en regardant l'heure.
"Bapa Syurgawi!" fikirnya ketika dia melihat waktu.
Six heures et demie étaient déjà passées sans qu'on s'en aperçoive.
Pukul enam setengah sudah pun pergi dan berlalu secara senyap-senyap.
Et les aiguilles de l'horloge continuaient d'avancer d'elles-mêmes.
Dan jarum jam itu terus bergerak ke hadapan.
Et il était presque sept heures quarante-cinq.
Dan kini waktu hampir pukul tujuh kurang suku.
« Peut-être que le réveil n'a pas sonné ? » pensa-t-il.
"Mungkin penggera tak berbunyi untuk mengejutkan aku?" fikirnya.
Depuis son lit, Gregor inspecta le réveil.

Dari katilnya Gregor memeriksa jam loceng.

**Le réveil était correctement réglé sur quatre heures.**

Jam loceng telah ditetapkan dengan betul pada pukul empat.

**Il ne pouvait pas l'expliquer, mais l'alarme avait dû sonner.**

Dia tidak dapat menjelaskannya, tetapi penggera itu pasti telah berbunyi.

**« Comment ai-je pu dormir sans m'en rendre compte après avoir entendu le réveil ? »**

"Macam mana saya boleh tidur walaupun alarm berbunyi tanpa sedar?"

**Quand elle sonne, l'alarme fait même trembler les meubles.**

Apabila ia berbunyi, penggera itu juga akan menggegarkan perabot.

**Il savait que son sommeil n'avait pas été du tout paisible.**

Dia tahu bahawa tidurnya langsung tidak nyenyak.

**Mais c'est peut-être pour cela que son sommeil était beaucoup plus profond.**

Tetapi mungkin itulah sebabnya tidurnya jauh lebih nyenyak.

**Il devait réfléchir à ce qu'il devait faire maintenant.**

Dia perlu memikirkan apa yang perlu dia lakukan sekarang.

**Le train suivant ne partait qu'à sept heures.**

Kereta api seterusnya tidak berlepas sehingga pukul tujuh.

**Prendre ce train serait quasiment impossible.**

Naik kereta api itu hampir mustahil.

**Et il n'avait pas encore emporté les textiles dont il avait besoin.**

Dan dia belum lagi membungkus tekstil yang diperlukannya.

**Il ne se sentait pas particulièrement frais et agile non plus.**

Dia juga tidak berasa begitu segar dan tangkas.

**Il y avait peut-être une chance de monter dans le train.**

Mungkin ada peluang untuk menaiki kereta api.

**Mais une réprimande du patron était inévitable de toute façon.**

Tetapi teguran daripada bos tidak dapat dielakkan dalam apa jua cara.

**Le commis aurait pris le train de cinq heures.**

Kerani itu pasti akan menaiki kereta api pukul lima.

Le commis de bureau était une créature sans envergure, à la solde du patron.

Kerani pejabat itu memang makhluk bos yang tidak bertulang.

L'absence de Gregor aurait donc déjà été signalée.

Jadi ketiadaan Gregor pasti telah dilaporkan.

« Et si je me faisais porter malade ? » se demandait Gregor.

"Bagaimana kalau saya panggil sakit?" Gregor sedang berfikir.

Mais ce serait extrêmement embarrassant et suspect.

Tetapi itu akan menjadi sangat memalukan dan mencurigakan.

Gregor n'avait jamais été malade pendant la période où il avait travaillé là-bas.

Gregor tidak pernah sakit semasa dia bekerja di sana.

Et il leur avait déjà consacré cinq années de service.

Dan dia telah memberi mereka perkhidmatan selama lima tahun.

Il y avait de fortes chances que le patron vienne prendre de ses nouvelles.

Kemungkinan besar bos akan datang untuk bertanya khabarnya.

Il amènerait probablement le médecin de l'assurance maladie.

Dia mungkin akan membawa doktor insurans kesihatan itu.

Et il blâmait les parents pour la paresse de leur fils.

Dan dia akan menyalahkan ibu bapanya atas anak lelaki mereka yang malas.

Ils ne pourraient formuler aucune objection à son égard.

Mereka tidak akan dapat membuat sebarang bantahan terhadapnya.

Car pour lui, il n'y avait que deux sortes de travailleurs.

Kerana baginya hanya ada dua jenis pekerja.

Soit les ouvriers étaient en parfaite santé, soit ils rechignaient à travailler.

Sama ada pekerja sihat sepenuhnya, atau malu bekerja.

Et aurait-il même tort dans cette analyse de base ?

Dan adakah dia akan salah dalam analisis asas itu?

Assurément, dans ce cas précis, son argument était solide.

Sudah tentu, dalam kes ini, dia mempunyai hujah yang kukuh.

**Malgré son apparence, Gregor se sentait en réalité plutôt bien.**

Walaupun penampilannya, Gregor sebenarnya berasa agak sihat.

**Ce long sommeil inutile l'avait rendu un peu somnolent.**

Tidur yang lama dan tidak perlu itu membuatnya sedikit mengantuk.

**Mais à part ça, il ne pouvait pas se plaindre de maladie.**

Tetapi selain itu dia tidak boleh mengadu sakit.

**Il ressentait même une faim particulièrement forte et saine.**

Dia juga merasakan kelaparan yang sangat kuat dan sihat.

**Tandis qu'il nourrissait ces pensées, l'horloge sonna de nouveau.**

Sedang dia memikirkan semua ini, jam berdenting lagi.

**Selon l'alarme, il était alors sept heures moins le quart.**

Menurut penggera, sekarang pukul tujuh kurang suku.

**Et maintenant, on frappa doucement à la porte.**

Dan kini kedengaran juga ketukan lembut di pintu.

**« Gregor », l'appela quelqu'un – c'était sa mère.**

"Gregor," seseorang memanggilnya – itu ibunya.

**« Il est sept heures moins le quart », a-t-elle confirmé en entendant l'alarme.**

"Dah pukul tujuh kurang suku," dia mengesahkan penggera itu.

**« Tu ne voulais pas partir ? » demanda la douce voix.**

"Awak tak nak pergi ke?" tanya suara lembut itu.

**Gregor eut peur en entendant sa voix répondre.**

Gregor takut apabila dia mendengar suaranya menjawab.

**Sa voix était toujours la même.**

Suara itu masih suara yang selalu dia dengar.

**Mais une nouvelle sonorité s'était désormais mêlée à sa voix.**

Tetapi kini ada bunyi baru yang bercampur dengan suaranya.

**Un couinement douloureux s'échappa également du plus profond de lui.**

Dari lubuk hatinya yang dalam, satu deruan yang
menyakitkan juga keluar.

**Au début, sa voix semblait former des mots avec clarté.**

Pada mulanya suaranya seolah-olah membentuk kata-kata
dengan jelas.

**Mais alors, Gregor entendit l'écho mental de sa voix.**

Tetapi kemudian Gregor terdengar gema mental suaranya.

**L'enregistrement de sa voix s'est interrompu de façon
étrange.**

Rakaman suaranya terputus dengan cara yang pelik.

**Et il n'était pas sûr d'avoir bien entendu.**

Dan dia tidak pasti sama ada dia mendengar sesuatu dengan
betul.

**Gregor éprouvait un profond désir de donner une réponse
détaillée.**

Gregor merasakan keinginan yang mendalam untuk
memberikan jawapan yang terperinci.

**Il voulait tout expliquer clairement à sa mère.**

Dia ingin menjelaskan semuanya dengan jelas kepada ibunya.

**Mais, compte tenu des circonstances, il devait se limiter.**

Namun, memandangkan keadaannya, dia terpaksa
mengehadkan dirinya.

**Et sa réponse fut beaucoup plus brève qu'il ne l'aurait
souhaité.**

Dan dia menjawab jauh lebih pendek daripada yang dia
inginkan.

**"Oui maman, ne t'inquiète pas, merci, je suis déjà levée."**

"Ya ibu, jangan risau, terima kasih, ibu sudah bangun."

**La porte en bois a probablement contribué à étouffer sa voix.**

Pintu kayu itu mungkin membantu meredamkan suaranya.

**À l'extérieur, le changement dans la voix de Gregor est resté
inaperçu.**

Di luar, perubahan suara Gregor tidak disedari.

**La mère semblait satisfaite de son explication.**

Ibu itu kelihatan berpuas hati dengan penjelasannya.

**Et elle repartit aussi discrètement qu'elle était venue.**

Dan dia pergi lagi dengan senyap seperti dia datang.

**Mais cette petite conversation a eu un effet indésirable.**
Tetapi perbualan kecil itu memberi kesan yang tidak diingini.
**Il a attiré l'attention des autres membres de la famille.**
Dia berjaya menarik perhatian ahli keluarga yang lain.
**Gregor était toujours chez lui et n'était pas allé travailler.**
Gregor masih di rumah dan belum pergi bekerja.
**Et maintenant, le père frappa lui aussi à la porte de côté.**
Dan kini si ayah turut mengetuk pintu sisi.
**Il frappa faiblement, mais avec détermination, du poing.**
Dia mengetuk lemah, tetapi bertekad, dengan penumbuknya.
**« Gregor, Gregor », appela-t-il, « quel est le problème ? »**
"Gregor, Gregor," panggilnya "apa masalahnya?"
**Au bout d'un moment, il avertit de nouveau d'une voix plus grave.**
Selepas beberapa ketika, dia memberi amaran sekali lagi dengan suara yang lebih dalam.
**Mais la sœur frappa alors à la porte de l'autre côté.**
Tetapi di pintu sebelah sana, kakak itu kini mengetuk.
**« Gregor ? Tu ne te sens pas bien ? » demanda-t-elle doucement.**
"Gregor? Awak tak sihat ke?" dia bertanya perlahan.
**« Avez-vous besoin de quelque chose ? » demanda-t-elle, inquiète.**
"Ada apa-apa yang awak perlukan?" tanyanya, prihatin.
**Gregor a répondu aux deux parties : « J'ai déjà terminé. »**
Gregor menjawab kedua-dua belah pihak: "Saya sudah selesai."
**Il avait fait de son mieux pour prononcer tous les mots avec soin.**
Dia telah sedaya upaya untuk menyebut semua perkataan dengan teliti.
**Et il a gommé tout ce qui était ostentatoire dans sa voix.**
Dan dia membuang semua yang ketara dalam suaranya.
**Le père semblait également satisfait de la réponse.**
Si bapa juga kelihatan berpuas hati dengan jawapan itu.
**Et il retourna à son petit-déjeuner inachevé.**
Dan dia kembali menikmati sarapannya yang belum habis.

**Mais la sœur murmura : « Gregor, ouvre la bouche, je t'en supplie. »**

Tetapi saudari itu berbisik, "Gregor, bukalah mulutmu, aku merayu kepadamu."

**Mais son inquiétude à son égard ne parvenait en rien à l'émouvoir.**

Tetapi keprihatinannya terhadapnya langsung tidak dapat menggerakkannya.

**Gregor n'avait aucune intention de lui ouvrir la porte.**

Gregor langsung tidak berniat untuk membukakan pintu untuknya.

**Ses voyages lui avaient permis d'acquérir certaines habitudes de prudence.**

Dia telah memperoleh beberapa tabiat berhati-hati daripada pengembaraan.

**Et il se félicita d'avoir verrouillé les portes.**

Dan dia memuji dirinya sendiri kerana telah mengunci pintu.

**Il voulait d'abord se lever tranquillement, à son propre rythme.**

Mula-mula dia mahu bangun secara senyap-senyap mengikut waktunya sendiri.

**Et, sans être dérangé, il voulut s'habiller.**

Dan, tanpa diganggu, dia mahu berpakaian.

**Cela étant fait, il voulut ensuite prendre son petit-déjeuner.**

Setelah itu tercapai, dia kemudian mahu bersarapan.

**Ce n'est qu'alors qu'il a souhaité examiner la situation plus en détail.**

Barulah dia mahu mempertimbangkan situasi itu dengan lebih lanjut.

**Il savait qu'il était inutile de faire des projets au lit.**

Dia tahu tiada gunanya membuat rancangan di atas katil.

**Il serait impossible de parvenir à une conclusion sensée.**

Mencapai kesimpulan yang masuk akal adalah mustahil.

**Il lui était déjà arrivé de se réveiller avec de légères douleurs.**

Ada kalanya dia terjaga dengan sedikit kesakitan.

**Ces douleurs se sont toujours révélées être de pures inventions de l'imagination.**

Kesakitan ini sentiasa menjadi imaginasi tulen.

**En me levant du lit, la douleur disparaissait invariablement.**

Apabila bangun dari katil, kesakitan itu hilang tanpa henti.

**Il était curieux de voir ce qu'il adviendrait de ces idées.**

Dia ingin tahu apa yang akan terjadi kepada idea-idea ini.

**Le changement de sa voix était probablement dû à un rhume.**

Perubahan suaranya mungkin hanya kerana selsema.

**Le rhume est un risque professionnel courant pour les voyageurs.**

Selsema hanyalah bahaya pekerjaan bagi pelancong.

**Il ne doutait pas que c'était l'explication logique.**

Dia tidak ragu-ragu bahawa itulah penjelasan yang logik.

**Il s'est facilement dégagé de la couverture.**

Menanggalkan selimut dari tubuhnya dengan mudah dilakukan.

**Il lui suffisait d'inspirer et de se gonfler.**

Apa yang perlu dia lakukan hanyalah menarik nafas dan mengembungkan dirinya.

**La couverture glissa de son corps et tomba sur le sol.**

Selimut itu terlepas dari tubuhnya, lalu jatuh ke lantai.

**Son corps incroyablement large rendait d'autres choses difficiles.**

Tubuhnya yang sangat lebar menyukarkan perkara lain.

**Il aurait eu besoin de bras et de mains pour se tenir debout.**

Dia memerlukan lengan dan tangan untuk berdiri.

**Mais il n'avait plus les membres qu'il avait autrefois.**

Tetapi dia tidak mempunyai anggota badan seperti dahulu.

**Au lieu de bras et de mains, il avait plein de petites jambes.**

Daripada lengan dan tangan, dia mempunyai banyak kaki kecil.

**Et ses jambes bougeaient sans cesse, sans qu'il puisse les contrôler.**

Dan kakinya terus bergerak, tanpa kawalannya.

Il a essayé de plier une jambe, mais au lieu de cela, elle s'est étirée.

Dia cuba membengkokkan sebelah kakinya, tetapi sebaliknya ia meregang.

**Il parvint finalement à contrôler une jambe.**

Akhirnya dia berjaya mengawal sebelah kakinya.

**Mais ensuite, le mouvement des autres pattes a été libéré.**

Tetapi kemudian pergerakan kaki yang lain dilepaskan.

**Et toutes ses jambes frémissaient d'excitation extrême.**

Dan semua kakinya menggeletar kerana terlalu teruja.

**Il a d'abord voulu sortir le bas de son corps du lit.**

Mula-mula dia mahu mengeluarkan bahagian bawah badannya dari katil.

**Mais il n'avait pas encore vu le bas de son corps.**

Tetapi dia sebenarnya belum melihat bahagian bawah badannya lagi.

**Et de toute façon, déplacer cette pièce s'est avéré trop difficile.**

Dan ia terbukti terlalu sukar untuk menggerakkan bahagian ini.

**Finalement, de toutes ses forces, il fit un geste audacieux.**

Akhirnya, dengan sekuat tenaganya, dia membuat satu gerakan liar.

**Sans plus hésiter, il s'avança.**

Tanpa teragak-agak lagi dia terus maju ke hadapan.

**Mais il avait choisi la mauvaise direction.**

Tetapi dia telah memilih arah yang salah untuk bergerak.

**Il s'est violemment cogné le corps contre le montant inférieur du lit.**

Dia menghentak badannya ke tiang katil bawah dengan kuat.

**La douleur brûlante qu'il ressentait lui a appris une précieuse leçon.**

Kesakitan yang dirasainya memberinya pengajaran yang berharga.

**La partie inférieure de son corps était peut-être plus sensible.**

Bahagian bawah badannya mungkin lebih sensitif.

**Il a donc commencé par sortir le haut de son corps du lit.**
Jadi dia cuba bangunkan bahagian atas badannya dari katil
dahulu.
**Il tourna prudemment la tête dans la bonne direction.**
Dia dengan berhati-hati memusingkan kepalanya ke arah
yang betul.
**Et bientôt, sa tête se retrouva face au bord du lit.**
Dan tidak lama kemudian kepalanya menghadap birai katil.
**Ce mouvement prudent lui était en réalité facile.**
Pergerakan berhati-hati ini sebenarnya mudah baginya.
**Et sa largeur et son poids ne l'empêchaient pas de se
déplacer.**
Dan lebar serta beratnya tidak menghentikan pergerakannya.
**La masse de son corps suivit lentement le mouvement de sa
tête.**
Jisim badannya perlahan-lahan mengikut pusing kepala.
**Mais ensuite, il a passé la tête au-dessus du bord du lit.**
Namun kemudian dia menyandarkan kepalanya di birai katil.
**Et il dut faire face à une nouvelle peur à laquelle il n'avait
pas encore pensé.**
Dan dia menghadapi ketakutan baharu yang belum
difikirkannya lagi.
**Poursuivre dans cette voie pourrait s'avérer dangereux.**
Maju lebih jauh dengan cara ini boleh membahayakan.
**Il pensait qu'il allait simplement se laisser tomber.**
Dia sangkakan dia hanya akan membiarkan dirinya jatuh.
**Mais ce serait un miracle s'il ne s'était pas blessé à la tête.**
Tetapi ia akan menjadi satu keajaiban jika dia tidak
mencederakan kepalanya.
**Ce n'était pas le moment de risquer de perdre connaissance.**
Sekarang bukan masanya untuk mengambil risiko kehilangan
kesedaran.
**Finalement, il vaudrait peut-être mieux rester au lit.**
Mungkin lebih baik terus tidur sahaja selepas ini.
**Mais il devait ensuite faire le même effort pour revenir.**
Tetapi kemudian dia terpaksa berusaha sama untuk kembali.

**Après tous ces efforts, il était allongé là, exactement comme avant.**

Selepas segala usaha itu dia terbaring di sana seperti sebelumnya.

**Et maintenant, ses jambes semblaient encore plus en colère qu'elles ne l'avaient été.**

Dan kini kakinya kelihatan lebih marah daripada sebelumnya.

**Les mouvements de sa jambe étaient devenus encore plus incontrôlables.**

Pergerakan kakinya semakin tidak terkawal.

**Il ne voyait aucun moyen de sortir de la situation dans laquelle il se trouvait.**

Dia tidak nampak jalan untuk keluar dari situasi yang dihadapinya.

**Il était impossible de faire émerger la paix et l'ordre de ce chaos.**

Keamanan dan ketenteraman tidak dapat diwujudkan daripada kekacauan ini.

**Mais il savait que rester au lit n'était pas une option non plus.**

Tetapi dia tahu untuk terus berbaring di atas katil juga bukan satu pilihan.

**Tout sacrifier était l'option la plus sensée.**

Mengorbankan segalanya adalah pilihan yang paling bijak.

**Il s'accrochait au moindre espoir de pouvoir se lever.**

Dia menyimpan sedikit harapan untuk bangun dari katil.

**S'il y parvenait, tous les risques en auraient valu la peine.**

Jika dia berjaya melakukannya, semua risiko pasti berbaloi.

**Mais il se souvenait aussi d'autre chose en même temps.**

Tetapi dia juga teringat sesuatu yang lain pada masa yang sama.

**« Mieux vaut réfléchir sereinement que de prendre des décisions désespérées. »**

"Lebih baik daripada keputusan terdesak adalah refleksi yang tenang."

**Il concentra tous ses efforts sur la fenêtre.**

Dengan sedaya upayanya dia menumpukan pandangannya
pada tingkap.
**Mais ce qu'il vit ne lui insuffla guère de confiance ni de joie.**
Tetapi apa yang dilihatnya tidak membawa sedikit keyakinan
dan kegembiraan.
**La brume matinale enveloppait toute la rue étroite.**
Kabus pagi menyelubungi seluruh jalan sempit itu.
**Le réveil sonna à nouveau ; il était maintenant sept heures.**
Jam loceng berdering lagi; kini sudah pukul tujuh.
**« Il est déjà sept heures et il y a encore un épais brouillard. »**
"Dah pukul tujuh dan kabus masih sebegini."
**Il resta un moment allongé, immobile, respirant faiblement.**
Untuk seketika dia berbaring diam, hanya bernafas dengan
lemah.
**Un peu de calme permettrait peut-être de retrouver une
certaine normalité.**
Mungkin sedikit ketenangan akan membawa kepada keadaan
normal.
**Un silence complet pourrait engendrer les conditions réelles.**
Kesunyian sepenuhnya boleh membawa kepada keadaan
sebenar.
**Mais avant que l'horloge ne sonne à nouveau, il rompit le
silence.**
Namun sebelum jam berdetik lagi, dia memecah kesunyian.
**«Avant que l'horloge ne sonne à nouveau, je dois être levé.»**
"Sebelum jam berdetik lagi, aku mesti bangun dari katil."
**« Je dois absolument être complètement levé à ce moment-là.
»**
"Saya mesti dah bangun tidur sepenuhnya masa tu."
**« Après 19h15, le bureau enverra quelqu'un. »**
"Selepas pukul tujuh suku, pejabat akan menghantar
seseorang."
**"Parce que le bureau ouvrait avant sept heures."**
"Sebab pejabat dibuka sebelum pukul tujuh."
**Et il commença alors à se balancer hors du lit.**
Dan dia kini mula menggoyangkan badannya keluar dari
katil.

Il avait cessé de se concentrer sur le haut ou le bas de son corps.

Dia telah berhenti memberi tumpuan kepada bahagian atas atau bawah badannya.

Il fallut sortir tout son corps du lit.

Seluruh badannya terpaksa meninggalkan katil.

Tomber de cette façon devrait protéger sa tête, pensa-t-il.

Jatuh ke arah ini sepatutnya melindungi kepalanya, fikirnya.

Il avait prévu de relever la tête lorsqu'il toucherait le sol.

Dia telah merancang untuk mengangkat kepalanya apabila dia mencecah tanah.

Son dos semblait suffisamment robuste pour encaisser le choc.

Belakang badannya terasa cukup keras untuk menerima hentaman itu.

Et le tapis était là pour amortir l'atterrissage.

Dan permaidani itu ada di sana untuk melembutkan pendaratan.

Ce qui le préoccupait le plus, cependant, c'était le bruit assourdissant.

Walau bagaimanapun, kebimbangan terbesarnya ialah bunyi bising itu.

Le bruit fracassant effrayerait tous les occupants de la maison.

Bunyi dentuman itu pasti menakutkan semua orang di dalam rumah.

Peut-être que le bruit fort ne les terrifierait pas.

Mungkin mereka tidak akan takut dengan bunyi bising itu.

Mais ils seraient certainement inquiets s'ils l'apprenaient.

Tetapi mereka pasti akan bimbang jika mereka mendengarnya.

Mais il fallait prendre le risque d'attirer l'attention.

Tetapi risiko menarik perhatian terpaksa diambil.

La nouvelle méthode s'apparentait davantage à un jeu qu'à un effort.

Kaedah baharu itu lebih kepada permainan daripada usaha.

**Il devait balancer son corps par mouvements brusques et saccadés.**

Dia terpaksa menggoyangkan badannya dengan pergerakan yang tiba-tiba dan tersentak-sentak.

**Gregor était déjà à moitié sorti du lit.**

Gregor sudah separuh bangun dari katil.

**Une nouvelle idée venait de lui traverser l'esprit.**

Kini ada satu fikiran baru yang terlintas di fikirannya.

**« Tout serait si facile si quelqu'un venait à mon secours. »**

"Semuanya akan mudah jika seseorang datang membantu saya."

**« Deux personnes fortes suffiraient amplement. »**

"Dua orang yang kuat sudah memadai."

**Son père et la servante seraient assez forts.**

Ayahnya dan pembantu rumah itu akan cukup kuat.

**Il leur suffirait de glisser leurs bras sous son dos.**

Mereka hanya perlu menyelubungkan tangan mereka di bawah belakangnya.

**Et ensuite, ils pourraient facilement le sortir du lit.**

Dan kemudian mereka boleh dengan mudah mengeluarkannya dari katil.

**Peut-être auraient-ils dû réduire son poids progressivement.**

Mungkin mereka terpaksa menurunkan berat badannya secara perlahan-lahan.

**Alors, espérons-le, les jambes auraient trouvé leur utilité.**

Mudah-mudahan kaki-kaki itu akan menemui tujuannya.

**« Ne serait-il pas préférable, après tout, de demander de l'aide ? »**

"Bukankah lebih baik jika kita meminta bantuan?"

**Le problème, bien sûr, c'est qu'il avait verrouillé les portes.**

Masalahnya sudah tentu dia telah mengunci pintu.

**Il y avait quelque chose dans cette idée qui le chatouillait.**

Ada sesuatu tentang fikiran itu yang menggelitiknya.

**Et malgré ses difficultés, il ne put réprimer un sourire.**

Dan meskipun dalam kesusahan, dia tidak dapat menahan senyuman.

**Il était déjà sur le point de perdre l'équilibre.**

Dia sudah hampir hilang keseimbangan sekarang.
**Chaque balancement le rapprochait un peu plus du moment où il basculerait du lit.**
Setiap buaian membuatkannya hampir terjatuh dari katil.
**Il allait bientôt devoir prendre la décision finale.**
Tidak lama lagi dia perlu membuat keputusan muktamad.
**Dans cinq minutes, il serait sept heures et quart.**
Lima minit lagi sudah pukul tujuh suku.
**Tandis qu'il était plongé dans ces pensées, la sonnette retentit.**
Sedang dia memikirkan semua ini, loceng pintu berbunyi.
**« C'est quelqu'un du bureau », se dit-il.**
"Itu orang dari pejabat," katanya sendirian.
**Et il fut presque paralysé de peur à cause du visiteur.**
Dan dia hampir membeku ketakutan kerana pelawat itu.
**Ses jambes s'agitaient encore plus sauvagement qu'auparavant.**
Kakinya menari lebih lincah daripada sebelumnya.
**Mais ensuite, pendant un instant, tout resta silencieux.**
Namun, seketika kemudian, semuanya menjadi sunyi.
**« Ils n'ouvriront pas la porte », se dit Gregor.**
"Mereka tidak akan membuka pintu," kata Gregor kepada dirinya sendiri.
**Il était encore prisonnier d'un espoir insensé.**
Dia masih terperangkap dalam harapan yang tidak masuk akal.
**Mais ensuite, bien sûr, la bonne s'est dirigée vers la porte.**
Tetapi kemudian, sudah tentu, pembantu rumah itu berjalan ke pintu.
**Et, comme toujours, elle ouvrit la porte au visiteur.**
Dan, seperti biasa, dia membuka pintu untuk tetamu itu.
**Gregor n'avait besoin d'entendre que les premiers mots de bienvenue du visiteur.**
Gregor hanya perlu mendengar salam pertama daripada pelawat itu.
**Il a tout de suite compris qui était venu le chercher.**

Dia dapat tahu dengan segera siapa yang datang
menjemputnya.
**Le chef de bureau en personne était venu prendre des
nouvelles de Samsa.**
Ketua kerani itu sendiri telah datang untuk memeriksa
keadaan Samsa.
**Pourquoi Gregor était-il le seul à être condamné à un tel sort
?**
Mengapakah Gregor satu-satunya yang ditakdirkan untuk
menerima nasib ini?
**Pourquoi lui seul a-t-il dû servir dans une telle organisation
?**
Mengapa hanya dia sahaja yang perlu berkhidmat dalam
organisasi sedemikian?
**Le moindre oubli éveillait immédiatement les soupçons.**
Kecuaian yang sedikit sahaja serta-merta menimbulkan syak
wasangka.
**Tous les employés qui travaillaient là-bas étaient-ils des
scélérats ?**
Adakah semua pekerja yang bekerja di sana adalah penjahat?
**N'y avait-il donc parmi eux aucune personne fidèle et
dévouée ?**
Tidak adakah di antara mereka orang yang setia dan berbakti?
**N'auraient-ils pas pu simplement envoyer un apprenti ?**
Tidak bolehkah mereka baru sahaja menghantar seorang
perantis?
**Toutes ces interrogations étaient-elles vraiment nécessaires ?**
Adakah semua persoalan ini benar-benar perlu?
**Le représentant autorisé devait-il se déplacer en personne ?**
Adakah wakil yang diberi kuasa perlu datang sendiri?
**Fallait-il vraiment informer toute la famille innocente ?**
Perlukah seluruh keluarga yang tidak bersalah itu
dimaklumkan?
**Toutes ces considérations ont poussé Gregor à agir.**
Semua pertimbangan ini mendorong Gregor untuk bertindak.
**Il se hissa hors du lit de toutes ses forces.**
Dia meronta-ronta bangun dari katil dengan sekuat hati.

Il y a eu une forte détonation, mais ce n'était pas vraiment un bruit.

Terdengar satu dentuman yang kuat, tetapi ia sebenarnya bukan bunyi bising.

La chute avait été légèrement amortie par le tapis.

Hujan turun sedikit dilembutkan oleh permaidani.

Son dos était plus élastique que Gregor ne l'avait imaginé.

Belakangnya lebih elastik daripada yang disangkakan Gregor.

Le son était donc plus sourd et moins perceptible.

Jadi bunyinya lebih kusam, dan tidak begitu ketara.

Mais il n'avait pas fait attention à sa tête pendant sa chute.

Tetapi dia tidak menjaga kepalanya semasa jatuh itu.

Et lorsqu'il a touché le sol, il s'est aussi cogné la tête.

Dan apabila dia terjatuh ke tanah, kepalanya juga terhantuk.

Il se frotta la tête sur le tapis, en colère et souffrant.

Dia menggosok kepalanya di atas permaidani kerana marah dan sakit.

Mais le gérant, qui se trouvait dans la pièce d'à côté, a entendu le bruit.

Tetapi pengurus di bilik sebelah terdengar bunyi bising itu.

« Quelque chose est tombé là-dedans », a-t-il observé avec justesse.

"Sesuatu jatuh di sana," dia memerhati dengan tepat.

Gregor essaya d'imaginer le manager dans sa situation.

Gregor cuba membayangkan pengurus itu dalam situasinya.

« La même chose pourrait-elle lui arriver ? » se demanda-t-il.

"Mungkinkah perkara yang sama berlaku kepadanya?" dia tertanya-tanya.

Il a admis que cet étrange événement pouvait être possible.

Dia menerima bahawa peristiwa aneh ini mungkin berlaku.

Puis le chef de bureau fit quelques pas vers la pièce.

Dan kemudian ketua kerani mengambil beberapa langkah ke bilik itu.

C'était presque une réponse grossière à la question qu'il avait posée.

Ia hampir seperti jawapan kasar kepada soalan yang diajukannya.

**Ses bottes en cuir grinçaient lorsqu'il s'approcha de la porte.**
But kulitnya berderak ketika dia menghampiri pintu.
**Depuis la pièce située à sa droite, sa servante lui chuchota quelque chose.**
Dari bilik di sebelah kanannya, pembantu rumahnya berbisik kepadanya.
**"Gregor, le représentant autorisé est ici."**
"Gregor, wakil yang diberi kuasa ada di sini."
**« Je sais », dit Gregor, mais seulement à voix basse pour lui-même.**
"Aku tahu," kata Gregor, tetapi hanya perlahan-lahan kepada dirinya sendiri.
**Il n'osait pas élever la voix au-dessus d'un murmure.**
Dia tidak berani meninggikan suaranya melebihi bisikan.
**Parce que Gregor ne voulait pas que sa sœur l'entende.**
Kerana Gregor tidak mahu kakaknya mendengarnya.
**« Gregor », dit le père depuis la pièce de gauche.**
"Gregor," kata bapa dari bilik di sebelah kiri.
**«Le responsable est venu vérifier quel est le problème.»**
"Pengurus telah datang untuk memeriksa apa masalahnya."
**« Il vous a demandé pourquoi vous n'aviez pas pris le premier train. »**
"Dia tanya kenapa awak tak bertolak naik kereta api awal."
**« Nous ne savons pas quoi lui dire », a déclaré le père.**
"Kami tidak tahu apa yang perlu dikatakan kepadanya," kata bapa itu.
**« D'ailleurs, il souhaite également vous parler personnellement. »**
"Ngomong-ngomong, dia juga mahu bercakap dengan awak secara peribadi."
**« Veuillez ouvrir la porte, afin qu'il puisse vous parler. »**
"Tolong buka pintu ini supaya dia boleh bercakap dengan awak."
**« Il aura la gentillesse d'excuser le désordre dans la chambre. »**
"Dia akan berbaik hati untuk memaafkan kekusutan di dalam bilik itu."

« Bonjour, Monsieur Samsa », lui lança le directeur.
"Selamat pagi, Encik Samsa," pengurus itu memanggilnya.
Et il lui a certainement parlé de manière amicale.
Dan dia sememangnya bercakap dengan cara yang mesra
dengannya.
« Il ne se sent pas bien », dit la mère au gérant.
"Dia tidak sihat," kata ibunya kepada pengurus itu.
« Il ne va pas bien du tout, croyez-moi, cher manager. »
"Dia langsung tidak sihat, percayalah, pengurus yang
dikasihi."
« Sinon, pourquoi Gregor aurait-il raté le train du matin ? »
"Apatah lagi Gregor boleh terlepas kereta api pagi?"
«Le garçon ne pense qu'à ses affaires.»
"Budak itu tiada apa-apa di fikirannya selain urusannya."
« Cela m'agace presque qu'il ne fasse rien d'autre. »
"Ia hampir menjengkelkan saya kerana dia tidak melakukan
apa-apa lagi."
« J'aimerais qu'il sorte le soir pour prendre l'air. »
"Saya harap dia keluar pada waktu petang untuk menghirup
udara segar."
« Il était en ville pendant huit jours pour affaires. »
"Dia berada di bandar selama lapan hari atas urusan
perniagaan."
« Mais il était chez lui tous les soirs. »
"Tetapi dia ada di rumah setiap petang itu"
«Il s'assoit à notre table et lit le journal.»
"Dia duduk di meja kami dan membaca surat khabar."
« À d'autres moments, il étudie les horaires des trains. »
"Pada masa lain, dia mengkaji jadual waktu kereta api."
«Il lui arrive de s'occuper en faisant de la menuiserie.»
"Kadang-kadang dia memang menyibukkan dirinya dengan
pertukangan kayu."
« Par exemple, il a sculpté un petit cadre photo en bois. »
"Contohnya, dia mengukir bingkai gambar kayu yang kecil."
« Pendant deux ou trois soirées, il était occupé avec la scie. »
"Lebih dua atau tiga petang dia sibuk dengan gergaji itu."

«Vous serez étonné(e) de voir à quel point le cadre photo est joli.»
"Anda pasti kagum dengan betapa cantiknya bingkai gambar itu."
«Il a accroché le cadre photo dans sa chambre.»
"Dia telah menggantung bingkai gambar itu di dalam biliknya."
« Quand il ouvrira la porte, vous verrez ses boiseries. »
"Apabila dia membuka pintu, kamu akan melihat hasil kerja kayunya."
« Au fait, je suis ravi que vous soyez ici, Monsieur Prokurist. »
"Ngomong-ngomong, saya gembira awak ada di sini, Encik Prokurist."
« Nous n'aurions pas pu, à nous seuls, forcer Gregor à ouvrir la porte. »
"Kami sendirian tidak dapat memaksa Gregor membuka pintu."
« Il est tellement têtu », a avoué sa mère au vendeur.
"Dia sangat degil," ibunya mengaku kepada kerani itu.
« Il est certainement malade, même s'il l'a nié auparavant. »
"Dia memang tidak sihat, walaupun dia pernah menafikannya sebelum ini."
« J'arrive tout de suite », dit Gregor lentement et prudemment.
"Saya akan ke sana sekarang," kata Gregor perlahan dan berhati-hati.
Mais il ne fit aucun mouvement vers la porte de la pièce.
Namun dia langsung tidak bergerak ke arah pintu bilik itu.
Il ne voulait pas perdre un seul mot de la conversation.
Dia tidak mahu terlepas sepatah kata pun daripada perbualan itu.
Le chef de bureau a approuvé l'évaluation de la mère.
Ketua kerani bersetuju dengan penilaian ibu itu.
« Je ne peux pas l'expliquer autrement non plus, madame. »
"Saya juga tidak dapat menjelaskannya dengan cara lain, puan."

« Espérons tous qu'il ne souffre d'aucune maladie grave », a-
t-il déclaré.

"Marilah kita semua berharap beliau tidak menghidap
penyakit yang serius," katanya.

« D'un autre côté, c'est un risque pour notre secteur. »

"Sebaliknya, ia adalah bahaya dalam industri kami."

« Nous, les hommes d'affaires, devons souvent surmonter un
certain malaise. »

"Kita ahli perniagaan sering terpaksa mengatasi
ketidakselesaan."

« Les professionnels doivent simplement faire abstraction
des petites douleurs. »

"Profesional hanya perlu berusaha sedaya upaya."

Pendant ce temps, son père frappa de nouveau à l'autre
porte.

Sementara itu, ayahnya mengetuk pintu yang satu lagi.

« Le chef de bureau peut-il entrer maintenant ? » demanda-t-
il.

"Bolehkah ketua kerani masuk sekarang?" dia ingin tahu.

« Non, il ne peut pas », répondit Gregor à la question de son
père.

"Tidak, dia tidak boleh," jawab Gregor kepada soalan
bapanya.

Un silence gênant s'installa dans la pièce de gauche.

Kesunyian yang janggal menyelubungi bilik di sebelah kiri.

Dans la pièce de droite, la sœur se mit à sangloter.

Di dalam bilik di sebelah kanan, kakak itu mula menangis
teresak-esak.

Pourquoi la sœur n'était-elle pas partie rejoindre les autres ?

Mengapakah kakak itu tidak pergi bersama yang lain?

Elle venait probablement de se lever, pensa-t-il.

Dia mungkin baru sahaja bangun dari katil, fikirnya.

Elle n'a peut-être même pas encore commencé à s'habiller.

Dia mungkin belum mula berpakaian lagi.

Mais Gregor ne comprenait pas pourquoi elle pleurait.

Tetapi Gregor tidak faham mengapa dia menangis.

Était-ce parce qu'il ne s'était pas levé pour laisser entrer le directeur ?
Adakah kerana dia tidak bangun dan membiarkan pengurus masuk?
Était-ce parce qu'il risquait de perdre son emploi ?
Adakah kerana dia berada dalam bahaya kehilangan pekerjaannya?
Le patron pourrait-il s'en prendre aux parents comme avant ?
Mungkinkah bos akan bertindak ke atas ibu bapa seperti sebelumnya?
Allait-il leur formuler à nouveau les mêmes exigences qu'auparavant ?
Adakah dia akan mengulangi tuntutan lama mereka?
Il n'y avait probablement pas lieu de s'inquiéter de ces choses-là.
Perkara-perkara ini mungkin tidak perlu dirisaukan.
Pour le moment, elle n'avait aucune raison de pleurer.
Buat masa ini dia tidak mempunyai sebab untuk menangis.
Gregor était toujours là, subvenant aux besoins de sa famille.
Gregor masih di sini, menyara keluarga.
Et il n'a jamais eu l'intention de quitter sa famille.
Dan dia tidak pernah berniat untuk meninggalkan keluarga itu.
Pour le moment, il restait simplement allongé là, sur le tapis.
Buat masa ini dia hanya berbaring di atas permaidani.
La famille ignorait son état.
Keluarga itu tidak tahu keadaannya sekarang.
S'ils avaient su, ils n'auraient pas encouragé son patron.
Kalaulah mereka tahu, mereka tidak akan memberi galakan kepada bosnya.
Ils n'auraient même pas laissé entrer le gérant.
Mereka langsung tidak akan membenarkan pengurus itu masuk ke dalam rumah.
Le refouler n'aurait pas été particulièrement impoli.
Menolaknya bukanlah sesuatu yang biadab.

Il aurait facilement pu trouver une excuse convenable plus tard.

Dia boleh dengan mudah mencari alasan yang sesuai kemudian hari.

**Ce n'était pas un motif de licenciement.**

Ia bukanlah sesuatu yang boleh menyebabkan dia dipecat.

**Gregor pensait qu'il serait plus judicieux de le laisser tranquille désormais.**

Gregor merasakan ditinggalkan bersendirian adalah lebih bijak sekarang.

**Le déranger en pleurant et en parlant n'a pas beaucoup aidé.**

Mengganggunya dengan menangis dan bercakap tidak banyak memberi hasil.

**Mais c'était l'incertitude qui inquiétait les autres.**

Tetapi ketidakpastian itulah yang mengganggu yang lain.

**Et c'est cette incertitude qui a excusé leur comportement.**

Dan ketidakpastian inilah yang memaafkan tindakan mereka.

**« Monsieur Samsa », appela le directeur d'une voix forte.**

"Encik Samsa," panggil pengurus itu dengan suara yang meninggi.

**« Qu'est-ce qui se passe avec toi ? » a-t-il voulu savoir.**

"Apa yang berlaku dengan kau ni?" dia ingin tahu.

**« Tu t'es barricadé dans ta chambre. »**

"Awak dah berkurung dalam bilik awak."

**«Vous ne pouvez répondre que par «oui» ou «non».»**

"Awak hanya jawab dengan 'ya' atau 'tidak'."

**«Vous causez de sérieux soucis à vos parents.»**

"Awak ni memang buat ibu bapa awak risau sangat."

**« Je ne vois pas de bonne raison de les inquiéter. »**

"Saya tak nampak sebab yang kukuh kenapa awak perlu risaukan mereka."

**« Il y a une autre chose que je mentionnerai en passant. »**

"Ada satu lagi perkara yang akan saya sebutkan sebentar tadi."

**«Vous négligez également vos obligations professionnelles envers nous.»**

"Awak juga mengabaikan tugas perniagaan awak kepada kami."

« Une telle irresponsabilité ne vous ressemble pas du tout. »
"Sikap tidak bertanggungjawab sebegini sudah di luar sifat kamu."

« Je parle ici au nom de vos parents et de votre patron. »
"Saya berucap di sini bagi pihak ibu bapa dan bos awak."

« Et je vous demande une explication immédiate et claire. »
"Dan saya meminta penjelasan yang segera dan jelas daripada anda."

« Je dois dire que tout cela m'étonne vraiment. »
"Semua perkara ini benar-benar mengagumkan saya, saya mesti katakan."

« Je pensais vous connaître comme une personne calme et raisonnable. »
"Saya sangkakan saya kenal awak sebagai seorang yang tenang dan munasabah."

« Mais maintenant, tu nous montres une autre facette de toi. »
"Tapi sekarang kau tunjukkan sisi lain diri kau."

«Vous faites soudain preuve de vos caprices très particuliers.»
"Tiba-tiba kau tunjukkan kerenah kau yang pelik-pelik."

« Mais il pourrait y avoir une explication à votre échec. »
"Tetapi mungkin ada penjelasan untuk kegagalan anda."

« Le patron a mentionné une dette que vous aviez recouvrée pour nous. »
"Bos ada sebut tentang hutang yang awak telah kutip untuk kami."

« J'ai donné ma parole d'honneur au patron en votre nom. »
"Saya telah mengucapkan ikrar hormat kepada bos bagi pihak anda."

« Mais maintenant je vois votre obstination incompréhensible. »
"Tapi sekarang aku nampak kedegilan kau yang tak dapat difahami."

« Je pourrais encore perdre toute envie de vous aider. »

"Saya mungkin masih hilang semua keinginan saya untuk membantu awak."
«Votre sécurité d'emploi n'est en aucun cas totalement stable.»
"Keselamatan kerja anda sama sekali tidak stabil sepenuhnya."
« À l'origine, je comptais vous dire tout cela en privé. »
"Pada mulanya saya berniat untuk memberitahu awak semua ini secara peribadi."
« Mais maintenant je vois que vous voulez que je perde mon temps ici. »
"Tapi sekarang aku nampak kau nak aku buang masa aku kat sini."
«Je ne vois donc aucune raison pour que vos parents ne le sachent pas.»
"Jadi saya tak nampak sebab kenapa ibu bapa awak tak patut tahu."
«Vos récentes performances n'ont pas été satisfaisantes.»
"Prestasi awak baru-baru ini tidak memuaskan."
« Je reconnais que les ventes sont plus lentes à cette période de l'année. »
"Saya akui jualan lebih perlahan pada masa ini dalam setahun."
« Mais il n'y a pas de période de l'année où il n'y a pas de ventes. »
"Tetapi tiada masa dalam setahun untuk tiada jualan."
Pendant un instant, Gregor oublia tout ce qui l'entourait.
Buat seketika Gregor melupakan segala-galanya di sekelilingnya.
« Mais Monsieur Prokurist ! » s'écria Gregor, désespéré.
"Tapi Encik Prokurist," jerit Gregor, putus asa.
« J'ouvre la porte tout de suite, maintenant, ne vous inquiétez pas. »
"Saya akan buka pintu sekarang juga, jangan risau."
«Le problème, c'est que je ne me sens pas très bien.»
"Masalahnya ialah saya rasa agak tidak sihat."
« Mes vertiges m'ont empêché d'atteindre la porte. »

"Pening kepala saya menghalang saya daripada sampai ke pintu."

**« Je suis encore au lit, mais je me sens beaucoup mieux. »**

"Saya masih baring di atas katil, tapi saya rasa jauh lebih sihat."

**«Un instant, s'il vous plaît, je viens de me lever.»**

"Tolonglah sekejap, saya baru nak bangun dari katil."

**« Un instant de patience, c'est tout ce que je vous demande, Monsieur Prokurist. »**

"Kesabaran sebentar sahaja yang saya minta, Encik Prokurist."

**« Ça ne se passe pas aussi bien que je le pensais, mais ça ira. »**

"Ia tidak berjalan seperti yang saya sangkakan, tetapi saya akan baik-baik saja."

**« Comment une telle chose peut-elle arriver à une personne aussi rapidement ? »**

"Bagaimana perkara seperti itu boleh berlaku kepada seseorang dengan begitu cepat?"

**« Je me sentais bien hier soir, mes parents le savent. »**

"Saya rasa baik-baik sahaja malam tadi, ibu bapa saya tahu itu."

**« Mais peut-être avais-je déjà un petit pressentiment à ce moment-là. »**

"Tapi mungkin saya sudah ada sedikit firasat masa tu."

**«Vous pourriez vous demander pourquoi je ne l'ai pas signalé au bureau.»**

"Awak mungkin tanya kenapa saya tak laporkannya di pejabat."

**« Je pensais que je me sentirais beaucoup mieux demain matin. »**

"Saya sangkakan saya akan berasa lebih baik semula pada waktu pagi."

**« On pense toujours qu'ils auront vaincu la maladie d'ici là. »**

"Seseorang sentiasa berfikir bahawa mereka akan dapat mengatasi penyakit itu pada masa itu."

« Mais je vous en prie ! Épargnez mes parents de ces accusations ! »

"Tapi tolonglah! Bebaskan ibu bapa saya daripada tuduhan-tuduhan ini!"

« On ne m'a pas dit un mot de ce que vous m'avez dit. »

"Aku tidak diberitahu sepatah pun tentang apa yang kau beritahu aku."

« Il se peut que vous n'ayez pas lu les dernières commandes que j'ai envoyées. »

"Awak mungkin tak baca pesanan terakhir yang saya hantar."

« Au fait, vous n'avez pas à vous inquiéter pour moi aujourd'hui. »

"Ngomong-ngomong, awak tak perlu risaukan saya hari ini."

«Je vais quand même prendre le train de huit heures.»

"Saya masih akan menaiki kereta api pukul lapan."

« Ces quelques heures de repos m'ont suffisamment revigoré. »

"Rehat beberapa jam itu sudah cukup menguatkan saya."

« Vous n'avez vraiment pas besoin d'attendre, manager. »

"Tak perlulah awak tunggu lama-lama, pengurus."

« Moi aussi, je serai bientôt au bureau. »

"Saya juga akan berada di pejabat tidak lama lagi."

« Et s'il vous plaît, ayez la gentillesse de dire un mot en ma faveur. »

"Dan tolonglah berbaik hati untuk mengucapkan kata-kata yang baik untuk saya."

Gregor avait donné son explication assez précipitamment.

Gregor telah menyampaikan penjelasannya dengan agak tergesa-gesa.

Il ne savait pas vraiment ce qu'il essayait de dire.

Dia hampir tidak tahu apa yang cuba disampaikannya sebenarnya.

Il s'est approché de la boîte et a essayé de s'en servir pour se lever.

Dia pergi ke kotak itu, dan cuba menggunakannya untuk berdiri.

Il avait vraiment l'intention d'ouvrir la porte.

Dia benar-benar berniat untuk membuka pintu itu.

**Il souhaitait être reçu par le représentant autorisé.**

Dia mahu dilihat oleh wakil yang diberi kuasa itu.

**Et il voulait régler le problème avec lui personnellement.**

Dan dia mahu menyelesaikan masalah itu secara peribadi dengannya.

**Il était impatient de savoir comment les autres réagiraient à son égard.**

Dia ingin tahu bagaimana reaksi orang lain terhadapnya.

**Ils doivent maintenant être impatients de savoir comment il va.**

Mereka pasti sekarang juga ingin tahu bagaimana keadaannya.

**Il y avait deux façons possibles dont ils pouvaient réagir face à lui.**

Terdapat dua kemungkinan cara mereka boleh bertindak balas terhadapnya.

**Une possibilité était qu'ils aient peur.**

Satu kemungkinan ialah mereka akan ketakutan.

**S'ils avaient peur, alors il n'en était pas responsable.**

Jika mereka takut, maka dia tidak bertanggungjawab.

**Et alors, il n'aurait plus à s'inquiéter de la situation.**

Dan kemudian dia tidak perlu risau tentang situasi itu.

**Mais il y avait aussi une autre possibilité à envisager.**

Tetapi ada juga kemungkinan lain untuk difikirkan.

**Peut-être accepteraient-ils sereinement sa personnalité.**

Mungkin mereka akan menerima dengan tenang keadaannya.

**Gregor n'aurait alors aucune raison de se fâcher non plus.**

Kalau begitu, Gregor juga tidak akan mempunyai sebab untuk berasa kecewa.

**Il y aurait encore assez de temps pour prendre le train.**

Masih ada masa yang cukup untuk menaiki kereta api.

**Cependant, se tenir debout n'était pas une tâche facile.**

Walau bagaimanapun, berdiri tegak bukanlah tugas yang mudah.

**Lors de ses premières tentatives, il a glissé hors de la boîte.**

Dalam beberapa percubaan pertamanya, dia tergelincir dari kotak itu.

**La boîte était trop lisse pour qu'il puisse s'y appuyer.**

Kotak itu terlalu licin untuk dia berdiri tegak.

**Et finalement, il se donna un dernier effort pour se relever.**

Dan akhirnya dia memberi dirinya satu tolakan terakhir untuk berdiri.

**Il ne prêta plus attention à la douleur qu'il ressentait à l'abdomen.**

Dia tidak lagi menghiraukan kesakitan di bahagian perutnya.

**Peu importe l'intensité de la douleur, il la surmonterait.**

Walau betapa sakitnya, dia tetap akan mengharunginya.

**Il se laissa tomber contre le dossier d'une chaise voisine.**

Dia membiarkan dirinya jatuh ke belakang kerusi berdekatan.

**Et il s'accrochait aux bords avec ses petites jambes.**

Dan dia berpegang pada tepinya dengan kaki kecilnya.

**À ce stade, il avait repris le contrôle de lui-même.**

Pada ketika ini dia telah dapat mengawal dirinya dengan lebih baik.

**Et sa chute fut plus silencieuse que la précédente.**

Dan kejatuhannya lebih senyap daripada yang sebelumnya.

**Parce qu'il devait écouter ce que disait le manager.**

Kerana dia terpaksa mendengar apa yang pengurus itu katakan.

**« Avez-vous compris quelque chose à tout cela ? » demanda-t-il aux parents.**

"Adakah kamu semua faham semua itu?" dia bertanya kepada ibu bapa itu.

**« Il ne se moquerait pas de nous, n'est-ce pas ? »**

"Dia takkan memperbodohkan kita, kan?"

**« Pour l'amour de Dieu ! » s'écria la mère, déjà en larmes.**

"Demi Tuhan," panggil ibunya, sudah menangis.

**« Il est peut-être gravement malade et nous le tourmentons. »**

"Dia mungkin sakit tenat dan kami sedang menyeksanya."

**« Grete ! Grete ! » cria-t-elle à sa fille.**

"Grete! Grete!" jeritnya kepada anak perempuannya.

**« Maman ? » appela la sœur de l'autre côté.**

"Ibu?" panggil kakak dari seberang sana.

**Ils ont ensuite communiqué par l'intermédiaire de la chambre de Gregor.**

Kemudian mereka berkomunikasi melalui bilik Gregor.

**« Gregor est très malade et il a besoin de médicaments. »**

"Gregor sakit tenat dan dia perlu makan ubat."

**«Vous devrez aller chez le médecin immédiatement.»**

"Awak kena pergi jumpa doktor dengan segera."

**« Tu as entendu comment Gregor parlait tout à l'heure ? »**

"Awak dengar tak cara Gregor bercakap tadi?"

**« C'était la voix d'un animal », a déclaré le gérant.**

"Itu suara binatang," kata pengurus itu.

**Ses paroles étaient douces comparées aux cris de la mère.**

Kata-katanya perlahan berbanding jeritan ibunya.

**« Anna ! Anna ! » appela le père depuis l'antichambre.**

"Anna! Anna!" panggil ayahnya melalui ruang tamu.

**Et il a claqué des mains pour attirer leur attention.**

Dan dia bertepuk tangan untuk menarik perhatian mereka.

**« Appelez immédiatement un serrurier ! » ordonna-t-il à la bonne.**

"Dapatkan tukang kunci segera!" dia mengarahkan pembantu rumah itu.

**Les filles, en jupes, traversèrent l'antichambre en courant.**

Gadis-gadis itu, dengan skirt mereka, berlari melalui ruang tamu.

**Et leurs jupes bruissaient lorsqu'elles passèrent en courant devant sa chambre.**

Dan skirt mereka berdesir ketika mereka berlari melewati biliknya.

**« Comment sa sœur a-t-elle fait pour s'habiller si vite ? » se demanda-t-il.**

"Macam mana kakak boleh berpakaian begitu cepat?" fikirnya.

**La porte a été arrachée, mais elle n'a pas été claquée.**

Pintu itu dikoyakkan, tetapi ia tidak ditutup rapat.

**C'est fréquent dans les maisons où survient un grand malheur.**

Ini biasa berlaku di rumah-rumah di mana kemalangan besar
berlaku.
**Mais tout cela avait considérablement apaisé Gregor.**
Tetapi semua ini telah membuatkan Gregor menjadi lebih
tenang.
**Quand il entendait ses propres paroles, elles lui paraissaient
claires.**
Apabila dia mendengar kata-katanya sendiri, kata-kata itu
terasa jelas baginya.
**En fait, il estimait que ses paroles avaient été plus claires.**
Malah dia merasakan kata-katanya sebenarnya lebih jelas.
**Mais les autres ne comprenaient plus ce qu'il disait.**
Tetapi yang lain tidak lagi memahami apa yang dia katakan.
**Peut-être s'était-il habitué à ses oreilles à ce moment-là.**
Mungkin dia sudah terbiasa dengan telinganya sekarang.
**Mais au moins, ils comprenaient maintenant mieux sa
situation.**
Tetapi sekurang-kurangnya mereka kini lebih memahami
situasinya.
**Ils se sont rendu compte qu'il y avait vraiment quelque
chose qui n'allait pas chez lui.**
Mereka sedar ada sesuatu yang tidak kena dengannya.
**Et ils faisaient maintenant tout leur possible pour l'aider.**
Dan mereka kini melakukan segala yang mereka mampu
untuk membantunya.
**Cela redonna à Gregor un sentiment de confiance qui lui
manquait.**
Ini memberi Gregor rasa keyakinan yang hilang dari dirinya.
**Et il se sentait de nouveau beaucoup plus en sécurité au sein
de sa famille.**
Dan dia berasa lebih selamat semula dalam keluarga itu.
**Il avait le sentiment d'être à nouveau intégré au cercle
humain.**
Dia rasa dirinya disertakan sekali lagi dalam lingkungan
manusia.
**Il ne lui restait plus qu'à espérer que le serrurier puisse
ouvrir la porte.**

Kini dia terpaksa berharap tukang kunci itu dapat membuka pintu itu.

**Et il espérait que le médecin serait capable d'accomplir de telles tâches.**

Dan dia berharap doktor itu dapat melaksanakan tugas-tugas sedemikian.

**Il allait bientôt devoir reprendre la parole.**

Dia perlu bercakap lebih banyak lagi tidak lama lagi.

**Il allait falloir que sa voix soit aussi claire que possible.**

Suaranya perlu sejelas mungkin.

**Pour se préparer à la réunion, il s'éclaircit la gorge.**

Untuk membuat persediaan bagi mesyuarat itu, dia berdehem.

**Il s'efforçait toutefois de tousser très discrètement.**

Walau bagaimanapun, dia sedaya upaya untuk batuk hanya dengan senyap.

**Ce bruit pouvait être différent d'une toux humaine.**

Bunyi itu mungkin kedengaran berbeza daripada batuk manusia.

**Il savait qu'il ne pouvait plus faire la différence entre de telles choses.**

Dia tahu dia tidak lagi dapat membezakan perkara-perkara seperti itu.

**Dans la pièce voisine, le silence était total.**

Di bilik sebelah, keadaan menjadi sunyi sepenuhnya.

**Les parents étaient probablement assis à table.**

Ibu bapa itu mungkin sedang duduk di meja makan.

**Ils chuchotaient peut-être avec le gérant.**

Mereka mungkin berbisik-bisik dengan pengurus itu.

**Peut-être que tout le monde était appuyé contre la porte et écoutait.**

Mungkin semua orang sedang bersandar di pintu dan mendengar.

**Gregor poussa lentement la chaise vers la porte.**

Gregor perlahan-lahan menolak kerusi ke arah pintu.

**Il s'appuya contre la porte et se tint droit.**

Dia menolak pintu dan menegakkan badannya.

Il a découvert que la plante de ses pieds était légèrement collée.

Dia mendapati bahawa bahagian tapak kakinya mempunyai sedikit gam.

Et il se reposa là un instant, épuisé.

Dan dia berehat seketika di sana selepas penat bekerja.

Après s'être suffisamment reposé, il s'attela à la tâche suivante.

Setelah cukup berehat, dia memulakan tugasan seterusnya.

Il commença à tourner la clé dans la serrure avec sa bouche.

Dia mula memusingkan kunci di dalam gelung itu dengan mulutnya.

Malheureusement, il semblait qu'il n'avait pas de dents.

Malangnya, nampaknya dia tidak mempunyai gigi yang sebenar.

Mais quel autre moyen avait-il pour s'emparer des clés ?

Tetapi apakah cara lain yang dia ada untuk mencapai kunci itu?

Heureusement pour lui, ses mâchoires étaient bien sûr très fortes.

Mujurlah baginya rahangnya sudah tentu sangat kuat.

Grâce à la force de ses mâchoires, il a vraiment réussi à faire bouger la clé.

Dengan bantuan rahangnya, dia benar-benar menggerakkan kunci itu.

Il ne doutait pas qu'il se faisait du mal à lui-même également.

Dia tidak ragu-ragu bahawa dia juga telah mencederakan dirinya sendiri.

Parce qu'un liquide brunâtre sortait de sa bouche.

Kerana cecair coklat keluar dari mulutnya.

Le liquide brunâtre a coulé sur la clé et le long de la porte.

Cecair coklat itu mengalir ke atas kunci dan menuruni pintu.

Mais Gregor ne se souciait pas de se faire du mal.

Tetapi Gregor tidak peduli bahawa dia sedang mencederakan dirinya sendiri.

« Vous entendez ça ? » demanda le gérant dans la pièce voisine.

"Awak dengar tak?" kata pengurus di bilik sebelah.

« Il tourne la clé », avait remarqué le gérant.

"Dia sedang memusingkan kunci," pengurus itu perasan.

**Ces paroles furent un grand encouragement pour Gregor.**

Kata-kata ini merupakan galakan yang besar untuk Gregor.

**Mais le père et la mère auraient également dû crier :**

Tetapi ayah dan ibu juga sepatutnya berseru:

**« Bien joué, Gregor ! » auraient-ils dû lui crier.**

"Bagus, Gregor," sepatutnya mereka menjerit kepadanya.

**«Continue, continue de tourner la clé, tu peux le faire.»**

"Teruskan, teruskan memusing kunci itu, awak boleh melakukannya."

**Mais Gregor dut plutôt imaginer leur enthousiasme.**

Tetapi sebaliknya Gregor terpaksa membayangkan keterujaan mereka.

**Il serra les mâchoires de toutes ses forces.**

Dia mengetap rahangnya dengan sekuat tenaga yang ada.

**Et il continua à tourner la clé dans la serrure.**

Dan dia terus memusingkan kunci di dalam lubang kunci itu.

**Son corps se tordit douloureusement en un cercle.**

Dengan kesakitan, badannya berpusing mengelilinginya dalam bulatan.

**Il ne tenait plus debout qu'avec sa bouche.**

Dia kini hanya mampu menahan dirinya dengan mulutnya.

**Pour continuer à tourner la clé, il appuya contre la porte.**

Untuk terus memusingkan kunci dia menekan pintu.

**Finalement, le claquement de la serrure réveilla de nouveau Gregor.**

Akhirnya bunyi kunci yang terkunci menyedarkan Gregor sekali lagi.

**« Je n'avais donc pas besoin du serrurier », soupira-t-il de soulagement.**

"Jadi saya tidak memerlukan tukang kunci," dia mengeluh lega.

**Il ne lui restait plus qu'à ouvrir la porte qu'il avait déverrouillée.**

Sekarang dia hanya perlu membuka pintu yang telah dibukanya.

**Et, la tête sur la poignée, il ouvrit la porte.**

Dan dengan kepalanya di pemegangnya, dia membuka pintu.

**Il se trouvait derrière la porte qui donnait sur sa chambre.**

Dia berada di sebalik pintu yang terbuka ke biliknya.

**La porte était donc déjà ouverte avant même qu'on puisse le voir.**

Jadi pintu itu sudah terbuka sebelum dia dapat dilihat.

**Il lui fallait ensuite se faufiler autour de la porte elle-même.**

Seterusnya dia terpaksa bergerak di sekitar pintu itu sendiri.

**Ce mouvement difficile a également nécessité beaucoup d'efforts.**

Pergerakan yang sukar ini juga memerlukan banyak usaha.

**Il ne voulait pas tomber maladroitement dans la pièce voisine.**

Dia tidak mahu terjatuh ke dalam bilik sebelah dengan terbongkok-bongkok.

**Il n'avait donc pas le temps de prêter attention à quoi que ce soit d'autre.**

Jadi dia tidak mempunyai masa untuk memberi perhatian kepada perkara lain.

**Mais il entendit alors le chef de bureau s'exclamer bruyamment : « Oh ! »**

Tetapi kemudian dia terdengar ketua kerani itu melaungkan "Oh!" dengan kuat.

**On aurait dit que le vent soufflait en rafales dans la maison.**

Kedengaran seperti angin bertiup kencang melalui rumah itu.

**Il se trouvait être celui qui était le plus proche de la porte.**

Kebetulan dia orang yang paling dekat dengan pintu.

**Et maintenant, en le voyant, il porta sa main à sa bouche.**

Dan kini, setelah melihatnya, dia menutup mulutnya dengan tangannya.

**Il recula lentement, s'éloignant de Gregor.**

Dia perlahan-lahan menggerakkan dirinya ke belakang,
menjauhi Gregor.
**Mais c'était comme si une force invisible agissait sur lui.**
Tetapi ia seperti satu kuasa yang tidak kelihatan sedang
bertindak ke atasnya.
**La première chose que fit la mère fut de regarder le père.**
Perkara pertama yang dilakukan oleh ibu ialah memandang
bapanya.
**Malgré la présence du gérant, ses cheveux étaient en
désordre.**
Walaupun pengurus itu ada, rambutnya kusut masai.
**Elle déplia les bras et fit deux pas en avant.**
Dia membentangkan tangannya, lalu mengambil dua langkah
ke hadapan.
**Mais elle s'est effondrée au milieu de sa jupe.**
Tetapi kemudian dia rebah di tengah-tengah skirtnya.
**Sa robe s'est étalée tout autour d'elle sur le sol.**
Gaunnya terbentang di sekelilingnya di atas lantai.
**Et sa tête disparut sur sa poitrine.**
Dan kepalanya hilang ke atas payudaranya sendiri.
**Le père serra le poing avec une expression hostile.**
Si bapa mengepal penumbuknya dengan riak wajah yang
penuh amarah.
**Il semblait vouloir que Gregor soit renvoyé dans sa
chambre.**
Dia seolah-olah mahu Gregor ditolak masuk ke dalam
biliknya.
**Il jeta ensuite un regard incertain autour du salon.**
Dia kemudian memandang sekeliling ruang tamu dengan
ragu-ragu.
**Et finalement, il se couvrit les yeux entre ses mains.**
Dan akhirnya dia menutup matanya dengan kedua telapak
tangannya.
**Et il pleura amèrement jusqu'à ce que sa poitrine puissante
tremble.**
Dan dia menangis teresak-esak sehingga dadanya bergetar
hebat.

**Gregor n'est en réalité pas entré dans leur chambre.**

Gregor langsung tidak masuk ke bilik mereka.

**Au lieu de cela, il s'appuya contre le cadre de la porte.**

Sebaliknya dia menyandarkan dirinya pada bingkai pintu.

**Seule la moitié de son corps était visible de l'extérieur.**

Hanya separuh badannya sahaja yang kelihatan oleh mereka yang berada di luar.

**Et sur son corps reposait sa tête, inclinée sur le côté.**

Dan di atas badannya terletak kepalanya, condong ke sisi.

**La lumière était désormais devenue beaucoup plus vive qu'auparavant.**

Pada masa ini, cahaya itu telah menjadi jauh lebih terang daripada sebelumnya.

**On pouvait désormais voir clairement l'autre côté de la rue.**

Orang dapat melihat dengan jelas seberang jalan sekarang.

**Une partie de l'hôpital gris et interminable se dévoila.**

Satu bahagian hospital kelabu yang tidak berkesudahan itu menampakkan dirinya.

**La pluie matinale n'avait pas encore complètement cessé de tomber.**

Hujan pagi masih belum berhenti sepenuhnya.

**Mais maintenant, les gouttes de pluie étaient plus grosses et plus espacées.**

Tetapi kini titisan hujan itu lebih besar, dan berjauhan.

**Les plats du petit-déjeuner étaient disposés en abondance sur la table.**

Hidangan sarapan pagi itu terhidang di atas meja dengan banyaknya.

**Le père considérait le petit-déjeuner comme le repas le plus important.**

Si bapa menganggap sarapan pagi sebagai hidangan yang paling penting.

**Le petit-déjeuner était un repas qu'il s'éternisait pendant des heures.**

Sarapan pagi adalah hidangan yang dia tangguhkan selama berjam-jam.

**Et pendant ces heures, il lisait les différents journaux.**

Dan dalam waktu-waktu ini dia membaca pelbagai surat khabar.

**Juste en face, sur le mur, était accrochée une photo de Gregor.**

Tepat di dinding bertentangan tergantung sehelai gambar Gregor.

**La photographie accrochée au mur le montrait en lieutenant.**

Gambar di dinding itu menunjukkan dia sebagai seorang leftenan.

**C'était une photo de l'époque où il était dans l'armée.**

Ia adalah gambar dari zaman dia berkhidmat dalam tentera.

**Sa main était posée sur son épée, et il arborait un sourire insouciant.**

Tangannya berada di atas pedangnya, dan dia tersenyum riang.

**Sa posture et son uniforme imposaient un certain respect.**

Postur dan seragamnya menuntut rasa hormat tertentu.

**L'autre porte qui menait à l'antichambre était également ouverte.**

Pintu lain yang menuju ke ruang tamu juga terbuka.

**Et la porte de l'appartement était encore ouverte elle aussi.**

Dan pintu apartmen itu masih terbuka juga.

**On pouvait voir jusqu'à la cour de l'immeuble.**

Orang dapat melihat hingga ke halaman hadapan apartmen itu.

**Puis les escaliers descendaient sur la rue en contrebas.**

Dan kemudian tangga itu menuju ke jalan di bawah.

**Gregor était le seul à avoir gardé son sang-froid.**

Gregor adalah satu-satunya yang dapat bertenang.

**Il a constaté cela, la conversation était donc de sa responsabilité.**

Dia nampak perkara ini, jadi perbualan itu adalah tanggungjawabnya.

**« Bon, je vais m'habiller pour le travail maintenant », dit-il.**

"Baiklah, saya akan berpakaian untuk bekerja sekarang," katanya.

« Une fois que j'aurai emballé les échantillons de tissu, je partirai. »
"Selepas saya membungkus sampel tekstil, saya akan pergi."
«Vous comptez toujours me tirer dessus, Monsieur Prokurist ?»
"Adakah awak masih berniat untuk menembak saya, Encik Prokurist?"
« Comme vous pouvez le constater, je ne suis pas aussi têtue que vous le pensiez. »
"Seperti yang kau lihat, aku tidaklah sedegil yang kau sangkakan."
« Et vous pouvez constater que j'aime bien travailler, après tout. »
"Dan awak boleh nampak yang saya memang suka bekerja."
« Je peux admettre que voyager pour le travail n'est pas facile. »
"Saya akui melancong atas urusan kerja bukanlah mudah."
« Mais je peux aussi accepter que cela fasse partie de mon travail. »
"Tetapi saya juga boleh menerima bahawa ia adalah sebahagian daripada tugas saya."
« Chef de projet, où allez-vous ? Retournez-vous au bureau ? »
"Pengurus, awak nak pergi mana? Balik pejabat?"
« Allez-vous rapporter fidèlement tout ce que vous avez vu ? »
"Adakah kamu akan melaporkan semua yang kamu lihat dengan jujur?"
«Il arrive parfois qu'on soit dans l'incapacité d'aller travailler.»
"Kadang-kadang ia berlaku sehingga seseorang tidak dapat pergi bekerja."
« C'est le moment idéal pour se souvenir des succès passés. »
"Itulah masa yang sesuai untuk mengingati pencapaian lalu."
« Une fois la difficulté surmontée, on travaille encore mieux. »

"Selepas menghapuskan kesukaran itu, seseorang itu akan
berfungsi dengan lebih baik."
**« Ma diligence et ma concentration vont augmenter. »**
"Ketekunan dan tumpuan saya dijangka akan meningkat."
**«Vous savez très bien que je suis redevable envers le
patron.»**
"Awak tahu betul yang saya berhutang budi dengan bos."
**« Mais je suis aussi inquiète pour mes parents et ma sœur. »**
"Tetapi saya juga risau tentang ibu bapa dan kakak saya."
**« Je suis dans une situation délicate, mais je vais m'en sortir.
»**
"Saya berada dalam situasi yang sukar, tetapi saya akan
berusaha untuk keluar dari situasi ini."
**« Ne compliquez pas davantage les choses. »**
"Jangan jadikan ini lebih sukar daripada yang sedia ada."
**« En tant que collègues, nous devons aussi nous entraider. »**
"Sebagai rakan sekerja, kita juga perlu saling membantu."
**« Je sais que les employés de bureau n'aiment pas les
voyageurs. »**
"Saya tahu pekerja pejabat tak suka pelancong."
**«Vous croyez qu'on gagne des fortunes et qu'on mène une
vie confortable.»**
"Awak ingat kita dapat banyak duit dan hidup dengan baik."
**« Ils n'ont aucune raison valable de tenir compte de leurs
préjugés. »**
"Mereka tidak mempunyai sebab sebenar untuk
mempertimbangkan prasangka mereka."
**« Mais vous, agent habilité, votre rôle est différent. »**
"Tetapi anda, pegawai yang diberi kuasa, mempunyai
peranan yang berbeza."
**«Vous avez une meilleure vue d'ensemble que les autres
membres du personnel.»**
"Awak mempunyai gambaran keseluruhan yang lebih baik
daripada kakitangan lain."
**« En fait, je pense que vous avez peut-être la meilleure vue
d'ensemble. »**

"Malah saya rasa awak mungkin mempunyai gambaran
keseluruhan yang terbaik."
«Vous avez une meilleure vision d'ensemble que le patron
lui-même.»
"Awak mempunyai gambaran keseluruhan yang lebih baik
daripada bos itu sendiri."
« J'admets que c'est le patron qui fait le travail
d'entrepreneur. »
"Saya akui bos memang melakukan kerja keusahawanan."
« Mais il est facile de se tromper dans ses jugements. »
"Tetapi penilaiannya mudah dikelirukan."
« Et ces petites erreurs de jugement peuvent nous être
préjudiciables. »
"Dan salah tanggapan kecil ini boleh merugikan kita."
«Vous savez combien il est facile de parler du voyageur.»
"Awak tahu betapa mudahnya untuk bercakap tentang
pengembara itu."
« Il n'est pas là pour défendre sa réputation contre les
rumeurs. »
"Dia berada di sana bukan untuk mempertahankan
reputasinya daripada gosip."
« Ces accusations peuvent très bien n'être que des
coïncidences. »
"Tuduhan-tuduhan ini boleh jadi hanya kebetulan."
« Nombre de ces plaintes ne reposent même sur aucune
vérité. »
"Banyak aduan yang tidak berakar umbi daripada sebarang
kebenaran."
«Il est absent du bureau pendant presque toute l'année.»
"Dia tidak bekerja hampir sepanjang tahun."
«Quelles chances a-t-il de défendre sa propre réputation ?»
"Apakah peluang yang ada padanya untuk mempertahankan
reputasinya sendiri?"
«Il n'a même pas connaissance des accusations.»
"Dia langsung tidak dapat mendengar tentang tuduhan itu."
«Il découvre ce qui a été dit lorsqu'il est trop tard.»

"Dia akan mengetahui apa yang telah diperkatakan apabila
sudah terlambat."
**« À ce stade, il est épuisé par le voyage de la journée. »**
"Pada tahap itu dia sudah keletihan akibat perjalanan
seharian."
**« Il devra de toute façon en subir les terribles conséquences.
»**
"Dia perlu menanggung akibat yang dahsyat itu."
**« Même s'il n'a aucun moyen de comprendre le problème. »**
"Walaupun dia tidak dapat memahami masalah itu."
**« Oh, manager, ne partez pas sans me dire un mot. »**
"Oh pengurus, jangan pergi tanpa berkata sepatah kata pun
kepada saya."
**«Dites-moi au moins que vous êtes d'accord avec moi en
partie.»**
"Sekurang-kurangnya beritahu saya yang awak setuju
sebahagiannya dengan saya."
**Mais le directeur s'était détourné de Gregor bien plus tôt.**
Tetapi pengurus itu telah berpaling daripada Gregor lebih
awal lagi.
**Son épaule tressaillit lorsqu'il se retourna vers Gregor.**
Bahunya tersentak apabila dia memandang Gregor kembali.
**Et il n'est pas resté immobile une seule fois pendant tout son
discours.**
Dan dia tidak berdiri diam walau sekali pun semasa berucap.
**Il se retournait vers Gregor, les lèvres pincées.**
Dia dari tadi memandang Gregor kembali dengan bibir yang
terkumat-kamit.
**Il reculait progressivement vers la porte.**
Dia telah berundur secara beransur-ansur ke arah pintu.
**Mais il ne pouvait pas non plus détacher son regard de
Gregor.**
Tetapi dia juga tidak dapat mengalihkan pandangannya
daripada Gregor.
**Il avait l'impression qu'il lui était secrètement interdit de
quitter la pièce.**

Dia rasa seperti ada larangan rahsia untuk meninggalkan bilik itu.

**Mais à ce stade, il se trouvait déjà dans le hall d'entrée.**

Tetapi pada peringkat ini dia sudah berada di dewan masuk.

**Et soudain, il fit un mouvement vers la sortie.**

Dan kini dia membuat pergerakan tiba-tiba ke arah pintu keluar.

**Il tendit la main droite vers les escaliers.**

Dia menghulurkan tangan kanannya ke arah tangga.

**Peut-être qu'une force surnaturelle attendait pour le sauver.**

Mungkin ada kuasa ghaib yang sedang menunggu untuk menyelamatkannya.

**Gregor savait qu'il ne pouvait pas le laisser partir comme ça.**

Gregor tahu dia tidak boleh membiarkannya pergi seperti ini.

**Le manager ne doit pas revenir dans le même état d'esprit qu'avant.**

Pengurus itu tidak boleh kembali dalam suasana hatinya yang sedang dalam keadaan seperti itu.

**La sécurité de l'emploi de Gregor était fortement menacée.**

Keselamatan pekerjaan Gregor sangat terancam.

**Les parents ne comprenaient pas tout cela.**

Ibu bapa tidak dapat memahami sepenuhnya semua ini.

**Au fil des ans, ils s'étaient habitués à sa sécurité d'emploi.**

Selama bertahun-tahun mereka telah membiasakan diri dengan keselamatan kerjanya.

**Et ils étaient convaincus qu'il avait ce poste à vie.**

Dan mereka telah yakin bahawa dia mempunyai pekerjaan itu untuk seumur hidup.

**Au lieu de cela, ils s'étaient préoccupés d'autres soucis.**

Sebaliknya mereka telah menjadi sibuk dengan lebih banyak kebimbangan lain.

**Mais ces préoccupations leur ont fait perdre toute prévoyance.**

Tetapi kebimbangan ini menyebabkan mereka kehilangan semua pandangan jauh.

**Gregor, cependant, n'avait pas perdu la clairvoyance de ses parents.**

Walau bagaimanapun, Gregor tidak hilang pandangan jauh ibu bapanya.

**Il a fallu que quelqu'un arrête le représentant autorisé.**

Seseorang terpaksa menghentikan wakil yang diberi kuasa.

**Il allait devoir le calmer et le convaincre.**

Dia perlu menenangkannya, dan memujuknya.

**L'avenir de Gregor et de sa famille en dépendait !**

Masa depan Gregor dan keluarganya bergantung padanya!

**Si seulement sa sœur intelligente avait été là pour l'aider.**

Kalaulah kakak yang bijak itu ada di sini untuk membantu.

**Elle avait déjà pleuré alors que Gregor était encore dans sa chambre.**

Dia sudah menangis ketika Gregor masih di dalam biliknya.

**À ce moment-là, il était simplement allongé tranquillement sur le dos.**

Ketika itu dia hanya berbaring diam terlentang.

**Elle connaissait déjà l'importance de la situation à ce moment-là.**

Dia sudah tahu betapa pentingnya situasi itu ketika itu.

**Le directeur était connu pour avoir un faible pour les femmes.**

Pengurus itu terkenal dengan sikap lembutnya terhadap wanita.

**Elle aurait facilement pu le persuader de rester plus longtemps.**

Dia boleh sahaja memujuknya untuk tinggal lebih lama.

**Elle aurait fermé la porte et l'aurait fait rentrer.**

Dia pasti akan menutup pintu dan membimbingnya masuk semula.

**Mais malheureusement, sa sœur était partie chercher un médecin.**

Tetapi malangnya kakak itu telah pergi mendapatkan doktor.

**Gregor n'avait donc pas d'autre choix que de le faire lui-même.**

Oleh itu, Gregor tidak mempunyai pilihan selain melakukannya sendiri.

Il n'avait pas réfléchi à quelles étaient réellement ses capacités.

Dia tidak pernah memikirkan apa sebenarnya kebolehannya.

**Et il avait oublié de se méfier de sa capacité à parler.**

Dan dia terlupa untuk tidak mempercayai kebolehannya bertutur.

**Mais il a néanmoins quitté la sécurité de sa chambre.**

Namun begitu, dia tetap meninggalkan bilik keselamatannya.

**Et il se faufila par l'ouverture de la pièce.**

Dan dia menolak dirinya melalui bukaan bilik itu.

**Le directeur était déjà en train de descendre les escaliers.**

Pengurus itu sudah dalam perjalanan menuruni tangga.

**Mais il s'accrochait à la rambarde à deux mains.**

Tetapi dia memegang pagar dengan kedua-dua belah tangannya.

**Gregor tomba en se poussant à travers la porte.**

Gregor terjatuh ketika dia menolak dirinya melalui pintu.

**Il laissa échapper un petit cri en cherchant un appui.**

Dia menjerit kecil sambil meraih sokongan.

**Mais au lieu de paniquer, il a ressenti un bien-être physique.**

Tetapi daripada panik, dia merasakan kesejahteraan fizikal.

**Pour la première fois ce matin-là, quelque chose semblait juste.**

Buat pertama kalinya pagi itu, sesuatu terasa betul.

**Il avait désormais toutes les jambes bien ancrées au sol.**

Semua kakinya kini mempunyai tanah yang kukuh di bawahnya.

**Il était surpris de constater à quel point il contrôlait bien ses jambes.**

Dia terkejut betapa baiknya dia dapat mengawal kakinya.

**Il était heureux de constater que ses jambes lui obéissaient parfaitement.**

Dia gembira apabila melihat kakinya mematuhinya sepenuhnya.

**En réalité, ses jambes le portaient partout où il le voulait.**

Malah kakinya membawanya ke mana sahaja yang dia mahu.

**Bientôt, tous ses chagrins allaient prendre fin.**

Tidak lama lagi semua kesedihannya pasti akan berakhir.

**Mais au même moment, sa propre mère se leva d'un bond.**

Tetapi pada saat yang sama ibunya sendiri melompat bangun.

**Ses bras étaient tendus et ses doigts écartés.**

Tangannya dihulurkan, dan jari-jarinya direnggangkan.

**Et elle s'est écriée : « Au secours ! Au nom de Dieu, que quelqu'un m'aide ! »**

Dan dia menjerit, "Tolong, demi Tuhan, tolonglah!"

**Elle inclina la tête ; elle voulait mieux voir Gregor.**

Dia memiringkan kepalanya; dia mahu melihat Gregor dengan lebih dekat.

**Mais contrairement à sa première action, elle est revenue en courant.**

Tetapi sebagai penguncupan kepada tindakan pertama, dia berlari ke belakang.

**Elle avait oublié que la table était mise derrière elle.**

Dia terlupa bahawa meja itu telah disediakan di belakangnya.

**Tout ce qui était prévu pour le petit-déjeuner était encore sur la table.**

Semua barang untuk sarapan masih ada di atas meja.

**Elle s'assit précipitamment sur la table, comme distraite.**

Dia duduk tergesa-gesa di atas meja, seolah-olah sedang leka.

**Et elle n'a pas semblé remarquer le café renversé.**

Dan dia seolah-olah tidak perasan kopi yang tumpah itu.

**Le café était maintenant en train d'imbiber la moquette.**

Kopi yang kini meresap ke karpet.

**« Maman, maman », dit doucement Gregor en levant les yeux vers elle.**

"Ibu, ibu," kata Gregor lembut sambil mendongak memandangnya.

**Pour le moment, le manager ne lui importait pas.**

Buat masa ini pengurus itu tidak penting baginya.

**Mais il y avait aussi le café qui coulait sur la moquette.**

Tetapi terdapat juga kopi yang menitis ke atas permaidani.

**Gregor n'a pas pu s'empêcher de claquer des dents devant le café.**

Gregor tidak dapat menahan diri daripada menggertakkan rahangnya ketika menikmati kopi itu.

**La mère se remit à pleurer à cause de son comportement.**

Ibu itu mula menangis lagi kerana kelakuannya.

**Elle a sauté de la table pour prendre ses distances avec lui.**

Dia melompat turun dari meja untuk menjarakkan dirinya daripadanya.

**Et elle s'est réfugiée dans les bras de son père.**

Dan dia berlari ke dalam pelukan ayahnya, untuk mendapatkan keselamatan.

**Mais Gregor n'avait plus de temps à consacrer à ses parents.**

Tetapi Gregor tidak mempunyai masa lapang untuk ibu bapanya sekarang.

**L'agent habilité se trouvait déjà dans l'escalier.**

Pegawai yang diberi kuasa itu sudah berada di tangga.

**Il avait le menton appuyé sur la rambarde, pour regarder à l'intérieur de la maison.**

Dia menyandarkan dagunya pada susur tangga, untuk melihat ke dalam rumah.

**Apparemment, il voulait jeter un dernier coup d'œil au spectacle.**

Nampaknya dia mahu melihat pertunjukan itu buat kali terakhir.

**Et Gregor fit un dernier effort pour joindre le directeur.**

Dan Gregor membuat usaha terakhir untuk menghubungi pengurus itu.

**Il courut vers la porte aussi prudemment qu'il le put.**

Dia berlari ke arah pintu seaman yang dia mampu.

**Mais le chef de bureau devait se douter de quelque chose.**

Tetapi ketua kerani itu pasti mengesyaki sesuatu.

**Parce qu'il a descendu quelques marches et a disparu.**

Kerana dia melompat turun beberapa anak tangga dan hilang.

**« Hein ! » s'écria Gregor, sa voix résonnant dans la cage d'escalier.**

"Huh!" jerit Gregor, bergema melalui tangga.

**La fuite du manager sembla également déconcerter son père.**

Pelarian pengurus itu juga seolah-olah mengelirukan
bapanya.

**Jusque-là, il était parvenu à garder son calme.**

Sehingga itu, dia berjaya kekal tenang.

**Mais malheureusement, lui aussi a perdu le sang-froid qu'il
avait eu.**

Tetapi malangnya dia juga hilang ketenangan yang
dimilikinya.

**Il aurait dû aider Gregor dans sa quête.**

Apa yang sepatutnya dia lakukan ialah membantu Gregor
dalam pengejarannya.

**Mais, d'une main, il saisit la canne du directeur.**

Tetapi, dia mencapai tongkat pengurus itu dengan sebelah
tangan.

**Et dans l'autre main, il tenait maintenant un journal.**

Dan di sebelah tangannya yang satu lagi dia kini memegang
surat khabar.

**Et il entravait désormais directement Gregor dans sa
poursuite.**

Dan dia kini secara langsung menghalang Gregor dalam
pengejarannya.

**Il s'était placé entre Gregor et la rue.**

Dia telah meletakkan dirinya di antara Gregor dan jalanan.

**Il tapa du pied et agita le bâton et le journal.**

Dia menghentakkan kakinya, lalu melambaikan tongkat dan
surat khabar.

**Et il forçait activement Gregor à retourner dans sa chambre.**

Dan dia sedang giat memaksa Gregor kembali ke biliknya.

**Aucune des demandes formulées par Gregor n'a été utile.**

Tiada satu pun permintaan yang cuba dibuat oleh Gregor
yang membantu.

**Parce qu'aucune de ses demandes n'a été comprise.**

Kerana tiada satu pun permintaan yang dibuatnya difahami.

**Il tourna la tête vers un angle plus profond et plus humble.**

Dia memalingkan kepalanya ke sudut yang lebih dalam dan
lebih rendah diri.

**Mais son père répondit en tapant du pied encore plus fort.**

Tetapi ayahnya membalas dengan menghentakkan kakinya
lebih kuat lagi.

**La mère ouvrit une fenêtre, malgré la fraîcheur ambiante.**

Ibu itu membuka tingkap, walaupun cuaca sejuk.

**Et elle enfouit son visage dans ses mains froides.**

Dan dia menekup mukanya ke dalam tangannya dalam
kesejukan.

**Le vent pouvait désormais traverser tout l'appartement.**

Angin kini boleh melalui seluruh apartmen.

**Un fort courant d'air soufflait de l'escalier vers la ruelle.**

Satu angin kencang bertiup dari tangga ke lorong.

**Les rideaux claquaient sous l'effet du vent violent.**

Langsir-langsir itu berkibar-kibar ditiup angin kencang.

**Et le journal posé sur la table bruissait dans le vent.**

Dan surat khabar di atas meja berdesir ditiup angin.

**Même des feuilles ont été soufflées à l'intérieur de la maison
depuis l'extérieur.**

Malah beberapa helai daun juga ditiup masuk ke dalam
rumah dari luar.

**Le père tapa du pied et poussa sans relâche.**

Si bapa menghentakkan kakinya dan menolak tanpa henti.

**Et il sifflait et émettait des bruits comme un homme
sauvage.**

Dan dia mendesis dan mengeluarkan bunyi seperti orang liar.

**Mais Gregor ne s'était pas encore entraîné à marcher à
reculons.**

Tetapi Gregor belum lagi berlatih berjalan mengundur.

**Même Gregor admettrait que ce mouvement était beaucoup
plus lent.**

Malah Gregor akan mengakui pergerakan ini jauh lebih
perlahan.

**Tout ce qu'il souhaitait, c'était avoir la possibilité de faire
demi-tour.**

Apa yang dia mahukan hanyalah peluang untuk berpatah
balik.

**Il serait alors allé directement dans sa chambre.**

Kemudian dia akan terus ke biliknya.

**Mais il avait trop peur d'impatienter son père.**
Tetapi dia terlalu takut membuat ayahnya tidak sabar.
**Et il y avait la menace d'un coup de bâton.**
Dan terdapat ancaman pukulan dengan kayu itu.
**Un tel coup à l'arrière de la tête pourrait être fatal.**
Pukulan sedemikian di bahagian belakang kepala boleh
membawa maut.
**Mais finalement, Gregor n'avait pas d'autre choix.**
Tetapi akhirnya Gregor tidak mempunyai pilihan lain.
**Il s'est rendu compte qu'il ne pouvait même plus marcher
droit à reculons.**
Dia sedar dia tidak boleh berjalan lurus ke belakang.
**Il commença à se retourner aussi vite qu'il le put.**
Dia mula berpaling secepat yang dia mampu.
**Mais en réalité, ce mouvement de rotation était tout aussi
lent.**
Tetapi sebenarnya pergerakan berpusing ini sama
perlahannya.
**Et il fut suivi des regards anxieux du père.**
Dan dia diikuti dengan pandangan cemas si ayah.
**Peut-être le père avait-il remarqué les bonnes intentions de
Gregor.**
Mungkin ayahnya perasan niat baik Gregor.
**Parce qu'il ne l'a pas empêché de se retourner.**
Kerana dia tidak mengganggunya daripada berpaling.
**Il a même utilisé le bout de son bâton pour guider la
rotation.**
Dia juga menggunakan hujung tongkatnya untuk
membimbing putaran itu.
**Mais Gregor aurait préféré que son père ne lui ait pas sifflé
dessus !**
Tetapi Gregor masih berharap ayahnya tidak mendesis
kepadanya!
**Le sifflement ne fit qu'ajouter à la confusion du moment.**
Desis itu hanya menambahkan lagi kekeliruan saat itu.
**Puis il a commis une erreur et a tourné dans la mauvaise
direction.**

Dan kemudian dia melakukan kesilapan dan membelok ke arah yang salah.

**Finalement, il a réussi à se tourner dans la bonne direction.**

Akhirnya dia berjaya menghadapi jalan yang betul.

**Et il était satisfait des progrès qu'il avait accomplis.**

Dan dia berpuas hati dengan kemajuan yang telah dicapainya.

**Mais un autre problème est alors devenu encore plus évident.**

Tetapi kemudian masalah seterusnya menjadi lebih jelas.

**Son corps était trop large pour passer facilement la porte.**

Badannya terlalu lebar untuk masuk dengan mudah melalui pintu.

**Dans son état actuel, le père ne s'en est pas aperçu.**

Dalam keadaannya sekarang, ayahnya tidak menyedarinya.

**Il ne lui vint donc pas à l'esprit d'ouvrir davantage la porte.**

Jadi dia tidak terfikir untuk membuka pintu itu lebih jauh.

**Il y aurait alors eu suffisamment de place pour Gregor.**

Kalau begitu, pasti ada ruang yang mencukupi untuk Gregor.

**Sa seule priorité était de faire entrer Gregor dans sa chambre.**

Keutamaannya hanyalah untuk membawa Gregor masuk ke biliknya.

**Il aurait dû se lever pour passer la porte.**

Dia terpaksa berdiri untuk masuk melalui pintu itu.

**Mais le père n'aurait pas permis une telle manœuvre.**

Tetapi bapanya tidak akan membenarkan tindakan sedemikian.

**En fait, il le sifflait encore plus sauvagement qu'avant.**

Malah dia mendesis kepadanya lebih liar daripada sebelumnya.

**On aurait dit qu'il y avait plus d'un homme qui lui sifflait dessus.**

Ia kedengaran seperti lebih daripada sekadar seorang lelaki mendesis kepadanya.

**Ses revendications semblaient revêtir une nouvelle urgence.**

Tuntutannya seolah-olah mempunyai desakan baharu di sebaliknya.

**Il n'y avait vraiment plus de temps à perdre.**
Sudah tiada masa lagi untuk bermain-main sekarang.
**Quoi qu'il arrive, Gregor devait franchir la porte.**
Apa pun yang berlaku, Gregor terpaksa melalui pintu itu.
**Il s'est imposé sans aucun égard pour lui-même.**
Dia memaksa dirinya tanpa sebarang rasa hormat pada diri
sendiri.
**Un côté de son corps fut projeté vers le haut par le
mouvement.**
Sebelah badannya terpaksa diangkat ke atas oleh gerakan itu.
**Et il était allongé de travers, maladroitement, dans
l'embrasure de la porte.**
Dan dia terbaring janggal dan senget di antara ambang pintu.
**Un de ses flancs était à vif à cause du frottement contre le
bois.**
Salah satu rusuknya tergesel kasar pada kayu.
**Et il avait laissé des taches disgracieuses sur la porte peinte
en blanc.**
Dan dia telah meninggalkan kesan hodoh pada pintu yang
dicat putih itu.
**Les jambes d'un de ses côtés pendaient en tremblant dans le
vide.**
Kaki di salah satu sisinya tergantung menggigil di udara.
**Ses autres jambes étaient douloureusement enfoncées dans
le sol.**
Kakinya yang lain dihimpit dengan sakit ke lantai.
**Bientôt, il allait se retrouver complètement coincé entre la
porte et le mur.**
Tidak lama lagi dia akan tersekat sepenuhnya di antara pintu.
**Et alors, il n'aurait plus pu bouger du tout.**
Dan kemudian dia tidak akan dapat bergerak sama sekali.
**Mais le père lui a donné une forte impulsion véritablement
libératrice.**
Tetapi ayahnya memberinya desakan kuat yang benar-benar
membebaskan.
**Et il tomba, ensanglanté, loin dans sa chambre.**
Dan dia jatuh, berdarah teruk, jauh ke dalam biliknya.

**Le père claqua la porte derrière lui avec sa canne.**
Si bapa menghempas pintu di belakangnya dengan
tongkatnya.
**Et puis, enfin, le calme et la tranquillité revinrent.**
Dan akhirnya ada sedikit kedamaian dan ketenangan lagi.

## Deuxième partie
### Bahagian Dua

**Gregor ne s'est réveillé que bien plus tard dans la journée.**
Gregor tidak bangun sehingga lewat petang.
**Le crépuscule était tombé ; il avait dormi profondément, inconsciemment.**
Senja telah tiba; dia tidur nyenyak dan tidak sedarkan diri.
**Il se serait réveillé même sans avoir été dérangé.**
Dia pasti akan bangun walaupun tanpa diganggu.
**Parce qu'il se sentait suffisamment reposé et avait bien dormi.**
Kerana dia berasa cukup rehat dan tidur nyenyak.
**Mais il crut entendre quelques pas furtifs à l'extérieur.**
Tetapi dia sangkakan dia terdengar beberapa langkah kaki sekejap di luar.
**Et quelqu'un aurait pu refermer soigneusement la porte d'entrée.**
Dan seseorang mungkin telah menutup pintu depan dengan berhati-hati.
**La lumière du tramway électrique se projetait faiblement au plafond.**
Cahaya trem elektrik malap di siling.
**Le dessus du meuble a également reçu un peu de lumière.**
Bahagian atas perabot juga menerima sedikit cahaya.
**Mais en bas, au niveau de Gregor, il faisait sombre.**
Tetapi di tanah, separas Gregor, keadaannya gelap.
**Ses jambes le poussèrent lentement de nouveau vers la porte.**
Kakinya perlahan-lahan menolaknya ke arah pintu semula.
**Il était très curieux de voir ce qui s'était passé là-bas.**
Dia sangat ingin tahu apa yang telah berlaku di sana.
**Mais le contrôle de ses antennes n'était pas encore développé.**
Tetapi kawalannya terhadap alat perabanya masih belum berkembang.
**Bien qu'il ait commencé à apprécier ces nouveaux capteurs.**

Walaupun dia mula menghargai sensor baharu ini.

**Une longue et disgracieuse cicatrice semblait lui barrer le flanc gauche.**

Satu parut panjang yang tidak menyenangkan kelihatan mengalir di sebelah kirinya.

**La cicatrice lui donnait l'impression de contracter ce côté de son corps.**

Parut itu terasa seperti menegangkan bahagian badan itu.

**Il devait donc littéralement boiter en s'appuyant sur ses deux rangées de pattes.**

Jadi dia terpaksa benar-benar tempang di atas dua baris kakinya.

**L'une de ses jambes avait été grièvement blessée ce matin-là.**

Sebelah kakinya cedera parah pagi itu.

**C'était vraiment un miracle qu'il ne se soit pas cassé plus de jambes.**

Sungguh ia satu keajaiban kerana dia tidak mematahkan kakinya lagi.

**Et il traîna donc sa jambe blessée, inerte, derrière lui.**

Dan dia mengheret kakinya yang cedera tidak bermaya ke belakangnya.

**Lorsqu'il atteignit la porte, il réalisa quelque chose de profond.**

Apabila dia sampai di pintu, dia menyedari sesuatu yang mendalam.

**C'était l'odeur de quelque chose qui l'avait attiré là.**

Bau sesuatu yang telah menariknya ke sana.

**Quelque chose de comestible avait été laissé pour Gregor dans sa chambre.**

Sesuatu yang boleh dimakan telah ditinggalkan untuk Gregor di dalam biliknya.

**Des morceaux de pain blanc flottant dans un bol de lait sucré.**

Cebisan roti putih terapung di dalam semangkuk susu manis.

**Il pouvait à peine contenir la joie qui l'habitait.**

Dia hampir tidak dapat menahan kegembiraan yang ada di dalam dirinya.

**Il avait encore plus faim maintenant que le matin.**
Dia lebih lapar sekarang berbanding pagi tadi.
**Il plongea aussitôt la tête dans le bol de lait.**
Dia segera mencelupkan kepalanya ke dalam mangkuk susu.
**Le lait lui recouvrait presque toute la tête, jusqu'aux yeux.**
Susu itu keluar hampir ke seluruh kepalanya, hingga ke
matanya.
**Mais il a rapidement retiré sa tête, amèrement déçu.**
Tetapi dia segera menarik kepalanya ke belakang, kecewa.
**L'alimentation était difficile en raison de la fragilité de son
côté gauche.**
Makan menjadi sukar kerana bahagian kirinya yang halus.
**Et il ne pouvait manger qu'en haletant de tout son corps.**
Dan dia hanya boleh makan dengan tercungap-cungap
menggunakan seluruh badannya.
**Mais ce n'était pas la véritable raison de sa déception.**
Tetapi itu bukanlah sebab sebenar kekecewaannya.
**Le lait avait toujours été l'un de ses plats préférés.**
Susu sentiasa menjadi salah satu hidangan kegemarannya.
**Il ne doutait pas que sa sœur s'en souvenait.**
Dia tidak ragu-ragu bahawa kakaknya masih ingat akan hal
ini.
**Et c'est pour cela qu'elle lui avait donné du lait.**
Dan itulah sebabnya dia memberinya susu.
**Il n'a pas su expliquer pourquoi il n'aimait plus le lait.**
Dia tidak dapat menjelaskan mengapa dia kini tidak
menyukai susu.
**Et il se détourna du bol presque à contrecœur.**
Dan dia berpaling dari mangkuk itu hampir dengan
keberatan.
**Déçu, il retourna en rampant au milieu de la pièce.**
Dengan rasa kecewa, dia merangkak kembali ke tengah bilik.
**De là, il pouvait voir à travers la fente de la porte.**
Di sini dia dapat melihat melalui celah di pintu.
**Il pouvait voir que le feu était allumé dans le salon.**
Dia dapat melihat unggun api di ruang tamu itu sedang
menyala.

**Habituellement, à cette heure-ci, le père lisait le journal.**
Biasanya pada masa ini bapa membaca surat khabar.
**Il avait toujours l'habitude de lire à sa mère à voix haute.**
Dia selalu membacakan untuk ibunya dengan suara yang
meninggi.
**Parfois, la sœur écoutait aussi les conversations du père.**
Kadangkala kakak juga mendengar cerita ayahnya.
**Elle avait toujours parlé à Gregor de ces lectures à voix
haute.**
Dia selalu memberitahu Gregor tentang bacaan kuat ini.
**Mais aujourd'hui, aucun son ne provenait de la pièce.**
Tapi hari ini tiada bunyi yang kedengaran dari bilik itu.
**Peut-être cette habitude s'était-elle déjà perdue.**
Mungkin tabiat ini sudah tidak lagi diamalkan.
**Un silence profond s'était installé dans tout l'appartement.**
Suasana sunyi yang mendalam menyelubungi seluruh
apartmen.
**Bien qu'il sût que l'appartement n'était certainement pas
vide.**
Walaupun dia tahu apartmen itu pastinya tidak kosong.
**« Quelle vie tranquille mène cette famille », pensa Gregor.**
"Alangkah tenangnya kehidupan keluarga ini," fikir Gregor.
**Et il fixa l'obscurité avec une grande fierté.**
Dan dia merenung ke dalam kegelapan dengan rasa bangga
yang besar.
**Il était fier de la vie qu'il avait pu leur offrir.**
Dia berbangga dengan kehidupan yang telah dapat
diberikannya kepada mereka.
**Il était fier du bel appartement qu'ils occupaient.**
Dia berbangga dengan apartmen yang cantik yang mereka
diami.
**Mais cette paix était-elle sur le point de connaître une fin
tragique ?**
Tetapi adakah semua kedamaian ini akan berakhir dengan
dahsyat?
**Allait-on leur ravir leur prospérité ?**

Adakah kemakmuran mereka akan dirampas daripada
mereka?
**Leur bonheur était-il désormais incertain pour l'avenir ?**
Adakah kepuasan mereka kini tidak menentu pada masa
hadapan?
**Mais il ne voulait pas se perdre dans de telles pensées.**
Tetapi dia tidak mahu tenggelam dalam fikiran sedemikian.
**Pour s'occuper, il grimpait et descendait les murs.**
Untuk memastikan dirinya sibuk, dia merangkak naik turun
dinding.
**Durant cette longue soirée, une porte était entrouverte.**
Semasa petang yang panjang itu, satu pintu terbuka sedikit.
**Et à un autre moment, l'autre porte s'ouvrit légèrement.**
Dan pada masa yang lain pintu yang satu lagi terbuka sedikit.
**Mais à chaque fois, les portes se sont refermées aussitôt.**
Tetapi kedua-dua kali pintu ditutup semula dengan cepat.
**De toute évidence, quelqu'un à l'extérieur souhaitait entrer.**
Jelas sekali seseorang di luar berhasrat untuk masuk.
**Mais ils avaient aussi trop d'inquiétudes à l'idée de venir.**
Tetapi mereka juga mempunyai terlalu banyak kebimbangan
tentang masuk.
**Gregor s'arrêta alors net devant la porte du salon.**
Gregor kini berhenti betul-betul di pintu ruang tamu.
**Il était déterminé à trouver un moyen de tenter le visiteur
hésitant.**
Dia bertekad untuk menggoda pengunjung yang teragak-agak
itu.
**Il voulait aussi savoir qui était le visiteur.**
Dan dia juga ingin tahu siapakah pelawat itu.
**Mais ce soir-là, la porte ne fut pas ouverte une troisième fois.**
Tetapi pada petang itu pintu itu tidak dibuka untuk kali
ketiga.
**Et Gregor passa son temps à attendre en vain près de la
porte.**
Dan Gregor menghabiskan masanya menunggu di tepi pintu
dengan sia-sia.

**Plus tôt dans la journée, ils avaient tous voulu entrer dans la pièce.**

Awal hari itu mereka semua mahu masuk ke dalam bilik itu.

**Maintenant que les portes étaient déverrouillées, ce serait plus facile pour eux.**

Sekarang pintu-pintu itu tidak berkunci, ia akan menjadi lebih mudah untuk mereka.

**Mais ils ont choisi de rester de l'autre côté de la pièce.**

Tetapi mereka memilih untuk duduk di seberang bilik.

**Gregor remarqua que les clés n'étaient plus dans leurs serrures.**

Gregor perasan kunci-kunci itu sudah tiada di dalam gemboknya.

**Quelqu'un a dû déplacer les clés vers la serrure extérieure.**

Mesti ada orang yang telah mengalihkan kunci ke bahagian luar.

**Ce n'est que tard dans la nuit que la lumière du salon était éteinte.**

Hanya lewat malam lampu ruang tamu dimatikan.

**La famille a dû rester éveillée tout ce temps.**

Keluarga itu pasti berjaga sepanjang masa.

**Et Gregor pouvait clairement les entendre s'éloigner sur la pointe des pieds.**

Dan Gregor dapat mendengar dengan jelas mereka berjalan berjingkat-jingkat pergi.

**Désormais, personne n'allait venir voir Gregor avant le lendemain matin.**

Sekarang tiada sesiapa yang akan datang kepada Gregor sehingga pagi.

**Il eut donc tout le temps d'être seul, de réfléchir en toute tranquillité.**

Jadi dia mempunyai masa yang lama untuk dirinya sendiri, berfikir tanpa terganggu.

**Quelle serait la meilleure façon de réorganiser sa vie maintenant ?**

Apakah cara terbaik untuk mengatur semula hidupnya sekarang?

**Mais les hauts murs de la pièce vide l'effrayaient.**
Tetapi dinding bilik kosong yang tinggi itu menakutkannya.
**Il n'avait pas d'autre choix que de s'allonger à plat ventre sur le sol.**
Dia tidak mempunyai pilihan selain merebahkan dirinya di atas tanah.
**Et il n'a jamais trouvé la cause de sa peur dans cet espace.**
Dan dia tidak pernah menemui punca ketakutannya di ruang itu.
**C'était la même pièce où il avait vécu pendant cinq ans.**
Ia adalah bilik yang sama yang dia diami selama lima tahun.
**Semi-consciemment, il fit un mouvement vers le canapé.**
Separuh sedar dia membuat pergerakan ke arah sofa.
**Et sans aucune honte, il se cacha sous le canapé.**
Dan tanpa rasa malu dia menyembunyikan dirinya di bawah sofa.
**Là-bas, il se sentit immédiatement de nouveau très à l'aise.**
Di bawah sana dia serta-merta berasa sangat selesa semula.
**Bien que son dos soit un peu comprimé.**
Walaupun belakangnya sedikit terhimpit.
**Il ne pouvait plus non plus lever la tête sous le canapé.**
Dia juga tidak lagi dapat mendongakkan kepalanya ke bawah sofa.
**Mais même cela, il préférait éviter de se trouver dans un espace ouvert.**
Tetapi walaupun begitu, dia lebih suka berada di mana-mana kawasan terbuka.
**Il regrettait toutefois que son corps soit si large.**
Walau bagaimanapun, dia kesal kerana tubuhnya begitu lebar.
**Le canapé ne pouvait pas recouvrir entièrement son corps.**
Sofa itu tidak dapat menutupi seluruh tubuhnya sepenuhnya.
**Il est resté sous le canapé toute la nuit.**
Dia berada di bawah sofa sepanjang malam itu.
**Il passa la nuit à moitié endormi, troublé par sa faim.**
Malam itu dia menghabiskan separuh tidur, terganggu oleh rasa laparnya.

Et le temps qu'il passait éveillé, il le consacrait soit à
s'inquiéter, soit à espérer.
Dan masa berjaga yang dihabiskannya sama ada dengan
risau, atau berharap.
Mais tous ses vagues espoirs menaient à la même
conclusion.
Tetapi semua harapannya yang samar-samar membawa
kepada kesimpulan yang sama.
Il n'avait d'autre choix que de rester silencieux pour le
moment.
Dia tidak mempunyai pilihan selain berdiam diri buat masa
ini.
Il devait faire preuve de patience et de considération envers
la famille.
Dia terpaksa menunjukkan kesabaran dan pertimbangan
kepada keluarga itu.
C'était le seul moyen de rendre ce désagrément supportable.
Itu satu-satunya cara untuk mengurangkan kesulitan itu.
Le désagrément qu'il imposait désormais à la famille.
Kesusahan yang kini dipaksakannya ke atas keluarga itu.
Il n'a pas eu à attendre longtemps pour prouver sa
compassion.
Dia tidak perlu menunggu lama untuk membuktikan belas
kasihannya.
Tôt le matin, sa sœur jeta un coup d'œil dans sa chambre.
Awal pagi lagi kakak itu menjenguk ke dalam biliknya.
En réalité, c'était autant la nuit que le matin.
Walaupun sebenarnya ia sama seperti malam dan pagi.
Elle était entièrement habillée et semblait éprouver de
l'excitation.
Dia berpakaian lengkap, dan kelihatan menunjukkan
keterujaan.
La solidité de sa décision nouvellement prise pourrait être
mise à l'épreuve.
Kekuatan keputusan yang baru dibuatnya itu boleh diuji.
Elle ne l'a pas immédiatement repéré au premier coup d'œil.

Dia tidak serta-merta menemuinya dengan pandangan pertama.

**Il devait forcément être quelque part ; il n'aurait pas pu s'envoler.**

Dia mesti berada di suatu tempat; dia tidak mungkin terbang pergi.

**Puis son regard parcourut une seconde fois la pièce.**

Namun kemudian matanya melirik ke seluruh bilik untuk kali kedua.

**Et cette fois, elle a aperçu son torse sous le canapé.**

Dan kali ini dia ternampak badan lelaki itu di bawah sofa.

**Elle était si effrayée qu'elle a perdu tout contrôle d'elle-même.**

Dia begitu takut sehingga dia hilang kawalan diri.

**Et sa première réaction fut de claquer la porte à nouveau.**

Dan reaksi pertamanya ialah menutup pintu dengan kuat sekali lagi.

**Mais elle a aussi semblé immédiatement regretter son comportement.**

Tetapi dia juga seolah-olah serta-merta menyesali kelakuannya.

**Aussitôt qu'elle eut claqué la porte, elle la rouvrit.**

Sebaik sahaja dia menghempas pintu, dia membukanya semula.

**Et cette fois, elle entra dans la pièce sur la pointe des pieds.**

Dan kali ini dia perlahan-lahan melangkah masuk ke dalam bilik.

**Elle se déplaçait comme si elle rendait visite à une personne gravement malade.**

Dia bergerak seolah-olah sedang melawat orang yang sakit tenat.

**Ou bien elle rendait visite à un parfait inconnu.**

Atau dia mungkin sedang melawat orang yang tidak dikenali.

**Gregor poussa sa tête presque jusqu'au bord du canapé.**

Gregor menolak kepalanya hampir ke tepi sofa.

**Et, caché sous le coffre-fort, il l'observait dans la pièce.**

Dan dari bawah peti besi dia memerhatikannya di dalam bilik.

**Allait-elle remarquer qu'il avait oublié le lait ?**

Adakah dia akan perasan bahawa susu itu telah tertinggal?

**Il n'avait pas laissé le lait par manque de faim.**

Dia tidak meninggalkan susu itu kerana tidak lapar.

**Allait-elle lui apporter un autre plat ?**

Adakah dia akan membawakannya makanan yang berbeza?

**Peut-être un plat qui corresponde mieux à ses goûts.**

Mungkin hidangan yang lebih sesuai dengan pilihannya.

**Mais elle aurait dû remarquer elle-même son appétit.**

Tetapi dia sendiri perlu perasan selera makannya.

**Il aurait préféré mourir de faim plutôt que de lui en parler.**

Dia lebih rela kelaparan daripada membuatnya sedar akan hal itu.

**En réalité, il aurait beaucoup aimé le lui dire.**

Sebenarnya dia ingin sekali memberitahunya.

**Il était vraiment tenté de tirer sur lui depuis sous le canapé.**

Dia benar-benar tergoda untuk melompat keluar dari bawah sofa.

**Il avait envie de se jeter aux pieds de sa sœur.**

Dia ingin merebahkan dirinya di kaki kakaknya.

**Et il voulait lui demander quelque chose de bon à manger.**

Dan dia ingin meminta sesuatu yang enak untuk dimakan daripadanya.

**Mais la sœur regarda alors le bol de lait.**

Tetapi kemudian kakak itu memandang ke arah mangkuk susu itu.

**Elle remarqua aussitôt que le bol était encore plein.**

Dia serta-merta perasan bahawa mangkuk itu masih penuh.

**Elle était plutôt surprise que Gregor n'ait rien mangé.**

Dia agak terkejut Gregor tidak makan apa-apa.

**Seul un peu de lait avait été renversé sur le sol.**

Hanya sedikit susu yang tumpah di atas lantai.

**Elle a aussitôt ramassé le bol et l'a emporté.**

Dia segera mengambil mangkuk itu, dan membawanya keluar.

**Il vit qu'elle ne ramassait pas le bol à mains nues.**

Dia melihat wanita itu tidak mengangkat mangkuk itu dengan tangan kosong.

**Au lieu de cela, elle ramassa le bol à l'aide d'un des chiffons.**

Sebaliknya dia mengambil mangkuk itu menggunakan salah satu kain buruk itu.

**Mais Gregor oublia très vite ce petit détail.**

Tetapi Gregor dengan cepat melupakan butiran kecil ini.

**Il était désormais beaucoup plus enthousiaste à propos d'autre chose.**

Dia kini lebih teruja dengan sesuatu yang lain.

**Qu'est-ce qu'elle pourrait apporter à la place du lait ?**

Apa yang mungkin dia bawa sebagai pengganti susu itu?

**Il avait diverses idées sur ce qu'elle pourrait apporter.**

Dia mempunyai pelbagai fikiran tentang apa yang mungkin dibawa oleh wanita itu.

**Mais la gentillesse de sa sœur a dépassé ses espérances.**

Tetapi kebaikan kakaknya melebihi jangkaannya.

**Elle comprit qu'elle devait tester ses nouveaux goûts.**

Dia sedar dia perlu menguji citarasa baharu lelaki itu.

**Elle a donc apporté toute une sélection de plats différents.**

Jadi dia membawa pelbagai pilihan makanan yang berbeza.

**Légumes à moitié pourris, os du repas du soir.**

Sayur-sayuran separuh busuk, tulang dari makan malam.

**De la sauce solidifiée provenant de leur autre repas.**

Sos pejal daripada hidangan lain yang mereka makan.

**Quelques raisins secs, des amandes, du pain sec, du pain beurré.**

Sedikit kismis, sedikit badam, roti kering, roti mentega.

**Du pain beurré et salé.**

Sedikit roti yang telah disapu mentega dan juga garam.

**Du fromage que Gregor avait déclaré immangeable il y a deux jours.**

Keju yang telah diisytiharkan Gregor tidak boleh dimakan dua hari lalu.

**Toute cette sélection de nourriture était disposée sur un journal.**

Semua pilihan makanan ini diletakkan di atas surat khabar.

**Elle a également placé un bol d'eau à côté de ses repas.**
Dan dia juga meletakkan semangkuk air di sebelah
makanannya.
**Elle savait que Gregor n'aurait pas mangé devant elle.**
Dia tahu Gregor tidak akan makan di hadapannya.
**Par respect pour lui, elle quitta de nouveau la pièce.**
Jadi kerana menghormatinya, dia meninggalkan bilik itu
sekali lagi.
**Et elle a même tourné la clé dans la serrure en partant.**
Dan dia juga memusingkan kunci di dalam lubang kunci itu
semasa dia beredar.
**Mais elle tourna la clé très doucement et avec précaution.**
Tetapi dia memusingkan kunci itu dengan sangat senyap dan
berhati-hati.
**De cette façon, seul Gregor saurait que la porte était
verrouillée.**
Dengan cara ini hanya Gregor yang akan tahu pintu itu
berkunci.
**Il pouvait désormais s'installer aussi confortablement qu'il
le souhaitait.**
Sekarang dia boleh selesakan dirinya sesuka hatinya.
**Les jambes de Gregor s'agitaient frénétiquement à l'heure
du repas.**
Kaki Gregor berdesing-desing apabila tiba masanya untuk
makan.
**Il est à noter qu'il ne ressentait plus aucune gêne.**
Perlu diingatkan bahawa dia tidak lagi berasa tidak selesa.
**Ses blessures doivent déjà être complètement guéries.**
Lukanya pasti sudah sembuh sepenuhnya.
**Parce qu'il ne ressentait plus ses anciens handicaps.**
Kerana dia tidak lagi merasakan kecacatannya sebelum ini.
**Sa nouvelle capacité de guérison le surprit et l'émerveilla.**
Kebolehan barunya untuk menyembuhkan mengejutkan dan
mengkagumkannya.
**Il y a plus d'un mois, il s'est coupé le doigt avec un couteau.**
Lebih sebulan yang lalu dia telah melukai jarinya dengan
pisau.

**Il y a encore deux jours, cette blessure le faisait souffrir.**
Sehingga dua hari yang lalu, luka itu masih menyakitkannya.
**« Suis-je beaucoup moins sensible maintenant ? » pensa-t-il.**
"Adakah saya sudah kurang sensitif sekarang?" fikirnya
sendirian.
**À ce moment-là, il suçait déjà goulûment le fromage.**
Sekarang dia sudah pun menghisap keju itu dengan rakus.
**Il était plus attiré par le fromage que par les autres aliments.**
Dia lebih tertarik kepada keju itu berbanding makanan lain.
**Il mangeait rapidement un morceau de fromage après
l'autre.**
Dia cepat-cepat makan satu demi satu keping keju.
**Ses yeux s'embuèrent de satisfaction à la vue de ce goût.**
Matanya berkaca-kaca puas menikmati rasanya.
**Après le fromage, il mangea les légumes et la sauce.**
Selepas keju dia makan sayur-sayuran dan sosnya.
**Cependant, les aliments frais ne lui plaisaient pas.**
Walau bagaimanapun, makanan segar itu tidak sedap
baginya.
**En fait, il ne supportait même pas l'odeur des aliments frais.**
Malah dia tidak tahan dengan bau makanan segar.
**Il a même éloigné les autres aliments des aliments frais.**
Dia juga menyeret makanan lain menjauhi makanan segar itu.
**Et il a très vite terminé la nourriture la plus comestible.**
Dan dengan cepat dia menghabiskan makanan yang paling
boleh dimakan itu.
**Tous ces mets délicieux avaient un effet soporifique sur lui.**
Semua makanan yang lazat itu memberi kesan yang
menenangkan kepadanya.
**Et il s'allongea paresseusement à l'endroit où il avait mangé.**
Dan dia berbaring malas di tempat dia makan.
**Finalement, sa sœur est revenue prendre de ses nouvelles.**
Akhirnya kakaknya kembali untuk memeriksanya sekali lagi.
**Elle a eu la prévoyance de tourner la clé très lentement.**
Dia mempunyai pandangan jauh untuk memusingkan kunci
itu dengan sangat perlahan.
**Cela a averti Gregor qu'il devait se retirer.**

Ini memberi Gregor amaran bahawa dia harus berundur.

**Étourdi et surpris, il se précipita sous le canapé.**

Dalam keadaan bingung dan terkejut, dia bergegas kembali ke bawah sofa.

**Mais rester sous le canapé n'était pas si facile cette fois-ci.**

Tetapi duduk di bawah sofa tidak begitu mudah kali ini.

**Son corps s'était un peu arrondi à cause de toute cette nourriture.**

Badannya menjadi sedikit bulat akibat semua makanan itu.

**Et il devait se retenir pour ne pas s'épuiser à nouveau.**

Dan dia terpaksa mengawal dirinya agar tidak berlari keluar lagi.

**Même si la sœur n'est pas restée longtemps dans la chambre.**

Walaupun kakak itu tidak lama berada di dalam bilik.

**Il avait du mal à respirer dans cet espace étroit.**

Dia sukar bernafas di bawah ruang sempit itu.

**Mais il a surmonté ces petites crises d'étouffement.**

Tetapi dia tetap bertahan menghadapi sesak nafas kecil itu.

**Les yeux exorbités, il observait les agissements de sa sœur.**

Dengan mata yang terbeliak dia memerhatikan aktiviti adik perempuan itu.

**La sœur, sans se douter de rien, a tout versé dans un seau.**

Kakak yang tidak curiga itu menuangkan semuanya ke dalam baldi.

**Elle s'est non seulement débarrassée de la nourriture que Gregor n'avait pas mangée, mais elle l'a fait.**

Dia bukan sahaja melupuskan makanan yang tidak dimakan Gregor.

**Mais elle jetait aussi la nourriture qu'il n'avait pas touchée.**

Tetapi dia juga membuang makanan yang tidak disentuhnya.

**Apparemment, cet aliment n'était plus comestible pour personne.**

Nampaknya makanan itu kini tidak lagi boleh dimakan oleh sesiapa pun.

**Elle referma ensuite le seau à nourriture avec un couvercle en bois.**

Dia kemudian menutup baldi makanan itu dengan penutup
kayu.
**Et avec la nourriture, le seau et la serpillière, elle est partie.**
Dan dengan makanan, baldi, dan mop, dia pergi.
**Gregor n'aurait pas pu attendre beaucoup plus longtemps.**
Gregor tidak akan dapat menunggu lebih lama lagi.
**Dès qu'elle fut partie, il s'échappa de sous le canapé.**
Sebaik sahaja dia pergi, dia terus melarikan diri dari bawah
sofa.
**Il s'étira et souffla de soulagement.**
Dan dia meregangkan badannya sambil menghembus nafas
lega.
**C'est ainsi que Gregor recevait de la nourriture de temps à
autre.**
Beginilah cara Gregor menerima makanan dari semasa ke
semasa.
**Sa sœur lui a donné à manger une fois, tôt le matin.**
Kakaknya pernah memberinya makanan pada awal pagi.
**À cette heure-ci, les parents et la bonne dormaient encore.**
Pada waktu ini, ibu bapa dan pembantu rumah masih tidur.
**Et il a reçu un deuxième repas après le déjeuner de tout le
monde.**
Dan dia menerima hidangan kedua selepas semua orang
makan tengah hari.
**Car à ce moment-là, les parents dormaient aussi un peu.**
Kerana pada masa itu ibu bapa juga tidur sebentar.
**Et la servante fut envoyée par la sœur faire une course.**
Dan pembantu rumah itu dihantar oleh kakaknya untuk suatu
urusan.
**Ils n'avaient certainement aucune intention de laisser
Gregor mourir de faim.**
Mereka sememangnya tidak berniat untuk membuat Gregor
kelaparan.
**Mais ils n'auraient pas voulu le regarder manger non plus.**
Tetapi mereka juga tidak mahu melihatnya makan.
**Les informations fournies par la sœur étaient suffisantes.**
Apa yang disebut oleh kakak itu sudah cukup maklumatnya.

C'était peut-être sa façon d'épargner aux parents leur chagrin.

Mungkin itu caranya untuk menghilangkan rasa sedih ibu bapanya.

**Ils avaient déjà suffisamment souffert de ses actes.**

Mereka sudah cukup menderita dengan tindakannya.


**Le premier jour s'estompait peu à peu dans les mémoires.**

Hari pertama itu perlahan-lahan menjadi kenangan yang jauh.

**Gregor n'avait aucun moyen de savoir ce qui s'était passé ce jour-là.**

Gregor langsung tidak tahu apa yang berlaku pada hari itu.

**Comment le serrurier a-t-il été conduit hors de l'appartement ?**

Bagaimanakah tukang kunci itu dibimbing keluar dari apartmen?

**Quelles excuses ont finalement satisfait le médecin ?**

Dengan alasan apa doktor akhirnya berpuas hati?

**Il n'avait trouvé aucun moyen de se faire comprendre.**

Dia tidak menemui cara untuk membuat dirinya difahami.

**Il n'a même pas réussi à communiquer avec sa sœur.**

Dia langsung tidak sempat berkomunikasi dengan kakaknya.

**Ils en conclurent donc qu'il ne pouvait pas les comprendre.**

Dan mereka menyangka bahawa dia tidak dapat memahami mereka.

**C'est pourquoi aucun effort ne fut fait pour lui parler.**

Dan oleh itu, tiada usaha dibuat untuk bercakap dengannya.

**Sa sœur venait dans sa chambre tous les matins et à midi.**

Kakaknya datang ke biliknya setiap pagi dan makan tengah hari.

**Mais il devait se contenter d'entendre ses soupirs.**

Tetapi dia terpaksa berpuas hati dengan mendengar keluhan wanita itu.

**Plus tard, elle s'est un peu plus habituée à la forme de Gregor.**

Kemudian dia menjadi lebih biasa dengan prestasi Gregor.

Et elle se sentait un peu plus libre de faire davantage de remarques.

Dan dia berasa lebih bebas untuk membuat lebih banyak komen.

(Même si elle ne s'y habituerait jamais complètement.)

(Walaupun dia tidak akan pernah benar-benar terbiasa dengannya.)

Et puis Gregor eut de nouveau l'impression qu'on lui parlait un peu plus.

Dan kemudian Gregor berasa lebih diajak bercakap lagi.

Et il a perçu ce qu'il considérait comme des commentaires amicaux.

Dan dia menangkap apa yang dianggapnya sebagai komen mesra.

"Il a apprécié son repas aujourd'hui", ou "il a tout mangé".

"Dia menikmati makanannya hari ini," atau "dia makan semuanya."

Mais cela n'arrivait que lorsqu'il avait fini de manger.

Tetapi itu hanya berlaku apabila dia telah menghabiskan semua makanannya.

Mais récemment, cela devenait de plus en plus rare.

Tetapi kebelakangan ini perkara ini semakin jarang berlaku.

« Il touchait à peine à sa nourriture », disait-elle plus souvent maintenant.

"Dia hampir tidak menyentuh makanannya," katanya lebih kerap sekarang.

Et il y avait une pointe de tristesse dans sa voix à chaque fois.

Dan setiap kali itu, ada sedikit rasa sedih dalam suaranya.

Gregor ne pouvait entendre aucune autre nouvelle plus directement.

Gregor tidak dapat mendengar sebarang berita lain dengan lebih langsung.

Mais il a entendu beaucoup de choses se dire dans les pièces voisines.

Tetapi dia terdengar banyak berita dari bilik-bilik bersebelahan.

Lorsqu'il a entendu des voix, il a couru vers la porte correspondante.

Apabila terdengar suara-suara, dia berlari ke pintu yang berdekatan.

**Et il a plaqué tout son corps contre la porte pour entendre.**

Dan dia menekan seluruh tubuhnya ke pintu untuk mendengar.

**Toutes les conversations le concernaient d'une manière ou d'une autre.**

Semua perbualan itu melibatkannya dalam beberapa cara.

**Même lorsque le sujet semblait porter sur autre chose.**

Walaupun topik itu seolah-olah mengenai sesuatu yang lain.

**Cette observation était particulièrement vraie au début.**

Pemerhatian ini amat benar pada zaman dahulu.

**À chaque repas, ils répétaient la même discussion.**

Semasa setiap kali makan, mereka mengulangi perbincangan yang sama.

**Ils ne savaient toujours pas comment se comporter en sa présence.**

Mereka masih tidak pasti tentang bagaimana hendak berkelakuan di sekelilingnya.

**Mais le même sujet a également été abordé entre les repas.**

Tetapi topik yang sama juga dibincangkan antara waktu makan.

**Parce qu'il y avait toujours deux membres de la famille à la maison.**

Kerana sentiasa ada dua ahli keluarga di rumah.

**Personne ne voulait rester seul à la maison.**

Tiada siapa yang mahu tinggal di rumah itu sendirian.

**Mais laisser l'appartement vide était également hors de question.**

Tetapi meninggalkan flat itu kosong juga mustahil.

**La femme de ménage était la seule à ne pas être attachée à l'appartement.**

Pembantu rumah itu satu-satunya yang tidak terikat dengan apartmen itu.

**Elle avait déjà demandé à partir dès le premier jour.**

Dia sudah meminta untuk pergi pada hari pertama lagi.
**Elle s'est agenouillée et a supplié qu'on la renvoie.**
Dia melutut dan merayu agar dia dipecat.
**La famille ignorait l'étendue des connaissances de la bonne.**
Keluarga itu tidak tahu berapa banyak yang sebenarnya
diketahui oleh pembantu rumah itu.
**À ce stade, elle n'en avait pas vu plus que quiconque.**
Pada peringkat itu dia tidak melihat lebih daripada orang lain.
**Ce qui s'était passé restait un mystère pour la famille.**
Apa yang telah berlaku masih menjadi misteri kepada
keluarga itu.
**Mais un quart d'heure plus tard, elle fit ses adieux.**
Tetapi seperempat jam kemudian dia mengucapkan selamat
tinggal.
**Et elle a remercié la famille, les larmes aux yeux.**
Dan dia mengucapkan terima kasih kepada keluarga itu
dengan linangan air mata.
**Mais en réalité, elle les remerciait de l'avoir libérée.**
Tetapi sebenarnya dia berterima kasih kepada mereka kerana
telah membebaskannya.
**Ils semblaient lui avoir témoigné la plus grande
bienveillance.**
Mereka seolah-olah telah menunjukkan kebaikan yang paling
besar kepadanya.
**Elle a même prêté serment, sans qu'on le lui demande.**
Dia juga bersumpah, tanpa diminta berbuat demikian.
**Elle a dit qu'elle ne dirait à personne ce qui s'était passé.**
Dia kata dia takkan beritahu sesiapa pun apa yang telah
berlaku.
**Désormais, la sœur devait cuisiner avec sa mère.**
Sekarang kakak terpaksa memasak bersama-sama ibunya.
**Mais ce n'était pas vraiment un inconvénient majeur.**
Tetapi ini sebenarnya tidaklah menyusahkan sangat.
**Parce que de toute façon, ils n'avaient presque rien mangé
tous les deux.**
Kerana mereka berdua hampir tidak makan apa-apa.
**Gregor surprenait sans cesse la même conversation.**

Berkali-kali Gregor terdengar perbualan yang sama.

**L'un disait à l'autre qu'il devait manger davantage.**

Seorang memberitahu yang lain bahawa mereka perlu makan lebih banyak.

**Mais cette personne n'a reçu aucune réponse de son interlocuteur.**

Tetapi orang itu tidak menerima sebarang jawapan daripada orang itu.

**« Merci, j'en ai assez », ou quelque chose de similaire.**

"Terima kasih, saya sudah cukup", atau sesuatu yang serupa.

**Peut-être qu'eux non plus ne buvaient plus rien.**

Mungkin mereka juga tidak minum apa-apa lagi.

**Sa sœur demandait souvent à son père s'il voulait de la bière.**

Kakak itu sering bertanya kepada ayahnya sama ada dia mahu bir.

**Et elle a proposé chaleureusement d'aller chercher la bière elle-même.**

Dan dia dengan mesra menawarkan diri untuk mengambil bir itu sendiri.

**Le père gardait toujours le silence à sa demande.**

Ayahnya sentiasa berdiam diri atas permintaannya.

**La sœur devait donc trouver un moyen de dissiper tout doute.**

Jadi kakak itu terpaksa mencari jalan untuk menghilangkan sebarang keraguan.

**Et elle a dit qu'elle enverrait la bonne chercher de la bière.**

Dan dia kata dia akan menyuruh pembantu rumah itu membeli bir.

**Mais finalement, le père a dit un grand « non » retentissant.**

Tetapi kemudian si bapa akhirnya berkata dengan lantang, "tidak".

**Puis, on n'a plus évoqué le fait qu'il boive une bière.**

Kemudian topik dia minum bir tidak lagi disebut.

**Il avait déjà expliqué la situation financière auparavant.**

Dia telah pun menjelaskan keadaan kewangan itu sebelum ini.

**En fait, il a évoqué les finances dès le premier jour.**

Malah, dia ada menyebut tentang kewangan pada hari pertama lagi.

**Il leur a bien fait comprendre quelles étaient les perspectives.**

Dia memberitahu mereka dengan jelas tentang prospek yang ada.

**Sa propre entreprise avait fait faillite il y a environ cinq ans.**

Perniagaannya sendiri telah muflis kira-kira lima tahun yang lalu.

**De temps en temps, il se levait pour quitter la table.**

Sesekali dia berdiri untuk meninggalkan meja itu.

**Et il se dirigea vers la caisse de son ancien commerce.**

Dan dia pergi ke mesin daftar tunai perniagaan lamanya.

**Il avait conservé la caisse enregistreuse par sentimentalisme.**

Dia telah menyelamatkan mesin daftar tunai itu kerana sentimental.

**Gregor l'entendit déverrouiller une serrure lourde et complexe.**

Gregor terdengar dia membuka kunci yang berat dan rumit.

**Et il sortit des reçus et des livres de comptes de la caisse.**

Dan dia mengeluarkan resit dan buku dari peti tunai.

**Après avoir pris les objets, il a refermé la caisse à clé.**

Selepas mengambil barang-barang itu, dia mengunci semula kotak wang tunai itu.

**Gregor n'avait entendu aucune bonne nouvelle depuis son emprisonnement.**

Gregor tidak mendengar sebarang berita baik sejak dia dipenjarakan.

**Il pensait que l'entreprise avait ruiné son père.**

Dia menyangka perniagaan itu telah memufliskan bapanya.

**Le père avait certainement donné cette impression à Gregor.**

Bapanya sememangnya telah memberi Gregor tanggapan itu.

**Et Gregor ne lui a plus jamais posé de questions sur les finances.**

Dan Gregor tidak pernah bertanya kepadanya lebih lanjut tentang kewangan.

**Gregor voulait faire tout son possible pour aider la famille.**

Gregor mahu melakukan segala yang termampu untuk membantu keluarga itu.

**Il voulait les aider à oublier leurs difficultés financières.**

Dia mahu membantu mereka melupakan kemalangan perniagaan itu.

**La faillite qui a engendré un désespoir total.**

Kebankrapan yang membawa kepada keputusasaan sepenuhnya.

**Il s'est donc mis à travailler avec une passion toute particulière.**

jadi dia mula bekerja dengan semangat yang sangat istimewa.

**Il était devenu représentant de commerce itinérant presque du jour au lendemain.**

Dia telah menjadi jurujual keliling hampir dalam sekelip mata.

**Avant cela, il n'avait travaillé que comme commis mal payé.**

Sebelum itu dia hanya bekerja sebagai kerani bergaji rendah.

**Il avait désormais des opportunités de gains complètement différentes.**

Kini dia mempunyai peluang pendapatan yang sama sekali berbeza.

**Les ventes réussies pouvaient être immédiatement converties en liquidités.**

Jualan yang berjaya boleh ditukar kepada tunai serta-merta.

**L'argent étant bien sûr versé sur ses commissions.**

Wang tunai itu sudah tentu dibayar daripada komisennya.

**Désormais, Gregor pouvait mettre de l'argent sur la table familiale.**

Kini Gregor dapat menyediakan wang untuk keluarga.

**Et ils étaient étonnés et ravis de ses gains.**

Dan mereka kagum dan gembira dengan pendapatannya.

**Mais ces beaux moments ne se reproduiront plus.**

Namun saat-saat indah itu tidak akan berulang lagi.

**Ils commençaient tout juste à s'habituer à cette période faste.**

Mereka baru sahaja membiasakan diri dengan masa-masa indah ini.

**À chaque paie, la famille acceptait l'argent avec gratitude.**

Setiap hari gaji, keluarga itu menerima wang itu dengan penuh rasa terima kasih.

**Et Gregor était tout aussi heureux de remettre l'argent.**

Dan Gregor juga gembira untuk menyerahkan wang itu.

**Mais la chaleureuse affection qu'elle suscitait en retour s'est peu à peu éteinte.**

Namun kasih sayang yang diberikan sebagai balasan perlahan-lahan mati.

**Seule sa sœur restait aussi proche de Gregor qu'auparavant.**

Hanya kakaknya sahaja yang kekal rapat dengan Gregor seperti sebelumnya.

**Elle, contrairement à Gregor, avait une profonde appréciation pour la musique.**

Dia, tidak seperti Gregor, mempunyai penghargaan yang mendalam terhadap muzik.

**Et elle savait jouer du violon d'une manière très touchante.**

Dan dia tahu cara bermain biola dengan sangat menyentuh hati.

**Gregor avait secrètement prévu de l'envoyer dans une école de musique.**

Gregor secara rahsia merancang untuk menghantarnya ke sekolah muzik.

**Il n'avait pas encore décidé comment il réglerait les dépenses.**

Dia masih belum memutuskan bagaimana dia akan membayar perbelanjaan tersebut.

**Mais d'une manière ou d'une autre, il couvrirait les frais.**

Tetapi dengan cara tertentu dia akan menanggung kosnya.

**De temps en temps, Gregor et sa famille partaient en courts séjours.**

Kadang-kadang Gregor dan keluarganya pergi melancong sambil menikmati pemandangan.

**Gregor et sa sœur abordaient souvent ce sujet.**

Gregor dan kakaknya sering membangkitkan topik itu.

**Mais cela n'a jamais été évoqué que comme une idée merveilleuse.**

Tetapi ia hanya disebut sebagai idea yang bernas.

**Ils ne croyaient pas vraiment que ce rêve puisse se réaliser.**
Mereka tidak benar-benar percaya bahawa impian itu boleh direalisasikan.
**Et les parents n'appréciaient pas de telles ambitions fantaisistes.**
Dan ibu bapa tidak menyukai cita-cita yang begitu mewah.
**Même lorsque le sujet a été abordé de manière tout à fait innocente.**
Walaupun topik itu dibangkitkan secara tidak sengaja.
**Mais Gregor continuait de penser à l'école de musique.**
Tetapi Gregor terus memikirkan tentang sekolah muzik.
**Et il prévoyait d'annoncer le cadeau la veille de Noël.**
Dan dia merancang untuk mengumumkan hadiah itu pada Malam Krismas.
**Bien sûr, dans son état actuel, ce serait impossible.**
Sudah tentu dalam keadaannya sekarang, ia mustahil.
**Mais ce genre de pensées lui traversait l'esprit.**
Tetapi fikiran seperti itu bermain di kepalanya.
**Et telles étaient les pensées qui lui traversaient l'esprit en écoutant sa famille.**
Dan dia mempunyai fikiran sedemikian semasa dia mendengar keluarga itu.
**Parfois, il était trop fatigué pour continuer à les écouter.**
Kadang-kadang dia menjadi terlalu letih untuk terus mendengar mereka.
**Sa tête s'est affaissée contre la porte, rongée par la fatigue.**
Kepalanya terhantuk ke pintu kerana keletihan.
**Mais il appuya aussitôt de nouveau sa tête contre la porte.**
Namun dia segera menyandarkan kepalanya ke pintu semula.
**Car même le moindre bruit s'entendait à l'extérieur.**
Kerana bunyi bising yang paling kecil pun boleh kedengaran di luar.
**Et le moindre bruit qu'il faisait plongeait la famille dans le silence.**
Dan sebarang bunyi bising yang dibuatnya akan membuatkan keluarga itu terdiam.
**« Que fait-il maintenant ? » demanda le père à sa famille.**

"Apa yang dia sedang lakukan sekarang?" tanya bapa itu
kepada keluarganya.

**Il alla à la porte pour vérifier d'où venait le bruit.**

Dan dia pergi ke pintu untuk memeriksa bunyi apa itu.

**Puis la conversation interrompue a repris progressivement.**

Dan kemudian perbualan yang terganggu itu bersambung
semula secara beransur-ansur.

**Mais les paroles du père ont agréablement surpris tout le
monde.**

Tetapi apa yang dikatakan oleh bapa itu mengejutkan semua
orang.

**Gregor apprit alors la véritable situation financière.**

Gregor kini mengetahui kedudukan kewangan yang sebenar.

**Malgré tous ces malheurs, il y a eu aussi un peu de chance.**

Walaupun terdapat pelbagai musibah, namun ada sedikit
keberuntungan.

**Une petite fortune d'antan était encore là.**

Sedikit kekayaan dari zaman dahulu masih ada di sana.

**Le père a expliqué les choses, mais a dû se répéter.**

Si bapa menjelaskan beberapa perkara, tetapi terpaksa
mengulanginya.

**Parce qu'il ne s'était pas occupé de ces choses depuis un
certain temps.**

Kerana dia sudah lama tidak berurusan dengan perkara-
perkara ini.

**Et parce que la mère ne comprenait pas de telles choses.**

Dan kerana ibu itu tidak memahami perkara-perkara seperti
itu.

**Les taux d'intérêt de la banque avaient légèrement
augmenté.**

Kadar faedah daripada bank telah meningkat sedikit.

**L'argent non utilisé avait augmenté plus que prévu.**

Wang yang tidak disentuh telah meningkat lebih daripada
yang dijangkakan.

**De plus, Gregor leur avait toujours donné ses économies.**

Di samping itu, Gregor sentiasa memberikan mereka wang
simpanannya.

**Il n'avait jamais gardé que quelques florins pour lui-même.**

Dia hanya menyimpan beberapa gulden untuk dirinya sendiri.

**Et son argent n'avait pas été entièrement dépensé.**

Dan wangnya juga belum habis digunakan sepenuhnya.

**Ensemble, ces sommes avaient constitué un petit capital.**

Secara keseluruhannya, wang ini telah terkumpul menjadi modal yang kecil.

**Gregor, derrière sa porte, hocha la tête avec enthousiasme à la nouvelle.**

Gregor, di sebalik pintunya, mengangguk dengan penuh semangat mendengar berita itu.

**Il était ravi de cette prudence et de cette frugalité inattendues.**

Dia gembira dengan sikap berhati-hati dan berjimat cermat yang tidak dijangka ini.

**Les fonds excédentaires auraient pu servir à rembourser la dette.**

Dana lebihan itu boleh digunakan untuk membayar hutang tersebut.

**Ils n'auraient alors plus rien dû au patron.**

Kalau begitu mereka tidak akan berhutang apa-apa lagi kepada bos.

**Et Gregor aurait pu changer d'emploi bien plus tôt.**

Dan Gregor boleh berpindah ke pekerjaan baharu lebih awal.

**Mais la façon dont le père s'y était pris était bien meilleure maintenant.**

Tetapi cara ayahnya mengaturnya jauh lebih baik sekarang.

**L'argent ne suffisait pas tout à fait pour vivre des intérêts.**

Wang itu tidak cukup untuk hidup dengan faedah tersebut.

**Et il a fallu mettre de l'argent de côté pour les urgences.**

Dan sebahagian wang terpaksa diketepikan untuk kecemasan.

**Cela n'aurait suffi que pour un an ou deux.**

Wang itu hanya cukup untuk setahun atau dua tahun sahaja.

**Cela signifiait que quelqu'un devait gagner de l'argent pour qu'ils puissent vivre.**

Ini bermakna seseorang perlu mencari wang untuk mereka terus hidup.

**Le père n'était pas malade et il était assez fort.**

Bapanya tidak sakit, dan dia cukup kuat.

**Mais il était sans emploi depuis plus de cinq ans.**

Tetapi dia telah menganggur selama lebih daripada lima tahun.

**Et, du fait de son âge, il lui restait peu de confiance en lui.**

Dan, disebabkan usianya, dia mempunyai sedikit keyakinan diri yang tinggal.

**Il avait également pris beaucoup de poids ces derniers temps.**

Berat badannya juga telah bertambah banyak sejak kebelakangan ini.

**Sa vie avait toujours été ardue et infructueuse.**

Hidupnya sentiasa sukar dan tidak berjaya.

**Et c'étaient les premières vacances qu'il ait jamais prises.**

Dan ini merupakan percutian pertama yang pernah dia alami.

**Et, faute d'être occupé, il était devenu assez maladroit.**

Dan tanpa disibukkan, dia telah menjadi agak kekok.

**Ne serait-il pas préférable que la vieille mère gagne l'argent ?**

Adakah lebih baik jika ibu tua itu yang mendapatkan wang itu?

**La vieille mère qui souffrait d'asthme.**

Ibu tua yang menghidap asma.

**La vieille mère qui peinait à monter les escaliers.**

Ibu tua yang bersusah payah menaiki tangga.

**La vieille mère qui passait son temps allongée sur le canapé.**

Ibu tua yang menghabiskan masanya berbaring di sofa.

**La vieille mère qui préférait rester près de la fenêtre.**

Ibu tua yang lebih suka duduk di tepi tingkap.

**Pour qu'elle puisse reprendre son souffle quand elle en aurait besoin.**

Supaya dia dapat menarik nafas apabila perlu.

**Ne serait-il pas préférable que ce soit la jeune sœur qui gagne l'argent ?**

Adakah lebih baik jika adik perempuan itu yang berusaha mendapatkan wang itu?

**La sœur, qui à dix-sept ans n'était encore qu'une enfant.**

Kakak itu, yang pada usia tujuh belas tahun, masih kecil.

**La sœur qui ne connaissait que quelques modestes plaisirs.**

Kakak yang hanya mempunyai sedikit keseronokan sederhana.

**La sœur qui aimait surtout jouer du violon.**

Kakak yang paling gemar bermain biola.

**Elle savait que son mode de vie antérieur était très enviable ;**

Dia tahu bahawa cara hidupnya dahulu sangat dicemburui;

**Bien s'habiller, faire la grasse matinée, aider à la maison.**

Berpakaian cantik, bangun lewat, membantu di rumah.

**La conversation tournait souvent autour de la nécessité de gagner de l'argent.**

Perbualan sering beralih kepada keperluan untuk mendapatkan wang.

**Gregor était toujours le premier à lâcher la porte.**

Gregor sentiasa orang pertama yang membuka pintu.

**Cette conversation l'avait rempli de honte et de chagrin.**

Perbualan itu membuatnya panas hati kerana malu dan bersedih.

**Il se laissa donc tomber sur le canapé en cuir qui refroidissait.**

Jadi dia menghempaskan dirinya ke atas sofa kulit yang menyejukkan itu.

**Et il passait souvent le reste de la nuit sur le canapé.**

Dan dia sering menghabiskan sisa malam itu di sofa.

**Il ne dormait jamais vraiment sur le canapé, ni la nuit.**

Dia tidak pernah tidur di sofa, mahupun pada waktu malam.

**Souvent, il se contentait de gratter le cuir pendant des heures.**

Selalunya dia hanya menggaru kulit itu selama berjam-jam.

**D'autres fois, il poussait le fauteuil jusqu'à la fenêtre.**

Pada masa lain dia menolak kerusi berlengan ke tingkap.

**Cela a nécessité à lui seul beaucoup d'efforts de sa part.**

Ini sahaja memerlukan banyak usaha daripada pihaknya.

**Le fauteuil l'a aidé à ramper jusqu'au rebord de la fenêtre.**
Kerusi berlengan itu membantunya merangkak ke ambang
tingkap.
**Et de là, il put s'appuyer contre la fenêtre.**
Dan dari situ dia dapat bersandar pada tingkap.
**Il éprouvait un grand sentiment de liberté en faisant cela.**
Dia pernah merasakan kebebasan yang besar ketika
melakukan ini.
**Peut-être recherchait-il une sensation de liberté d'antan.**
Mungkin dia sedang mencari perasaan lama yang
membebaskan.
**Mais sa vue n'était plus aussi perçante qu'avant.**
Tetapi penglihatannya tidak setajam dulu.
**Les objets situés à une certaine distance étaient flous et
indistincts.**
Benda-benda dari jarak yang sedikit kabur dan tidak jelas.
**Il ne pouvait plus voir l'hôpital de l'autre côté de la rue.**
Dia tidak dapat lagi melihat hospital di seberang jalan.
**Avant, il maudissait le paysage, maintenant il voulait le voir.**
Sebelum dia menyumpah seranah pemandangan itu, kini dia
mahu melihatnya.
**Il savait qu'il habitait dans la paisible Charlottenstrasse, en
pleine ville.**
Dia tahu dia tinggal di Charlottenstrasse yang tenang dan
bandar.
**Mais il a peut-être cru qu'il regardait vers le désert.**
Tetapi dia mungkin sangkakan dia sedang mencari ke dalam
padang pasir.
**Un désert où le ciel gris et la terre grise se confondaient.**
Tanah tandus di mana langit kelabu dan bumi kelabu
bergabung.
**La sœur attentive remarqua à deux reprises que la chaise
avait bougé.**
Dua kali kakak yang prihatin itu perasan kerusi itu telah
bergerak.
**Après avoir rangé, elle a repoussé la chaise vers la fenêtre.**

Selepas mengemas, dia menolak kerusi itu kembali ke tingkap.

**Et désormais, elle laissait même la fenêtre ouverte.**

Dan mulai sekarang dia membiarkan selak tingkap terbuka.

**Gregor aurait vraiment souhaité pouvoir parler à sa sœur.**

Gregor benar-benar berharap dia dapat bercakap dengan kakaknya.

**Il voulait la remercier pour tout ce qu'elle avait fait pour lui.**

Dia ingin mengucapkan terima kasih atas semua yang telah dilakukannya untuknya.

**Il aurait alors plus facilement toléré leurs services.**

Kalau begitu dia akan lebih mudah menerima layanan mereka.

**Mais en l'état actuel des choses, il souffrait de son aide.**

Tetapi bagaimana keadaannya, dia menderita kerana wanita itu membantunya.

**La sœur, bien sûr, a tenté de dissimuler la gêne.**

Kakak itu, sudah tentu, cuba mengaburkan rasa malunya.

**Et elle faisait de son mieux pour feindre de ne pas se sentir accablée.**

Dan dia sedaya upaya berpura-pura tidak rasa terbeban.

**Bien sûr, c'est quelque chose qu'elle devait d'abord pratiquer.**

Sudah tentu ini sesuatu yang perlu dia praktikkan terlebih dahulu.

**Et plus le temps passait, plus elle devenait douée.**

Dan semakin banyak masa berlalu, semakin baik dia melakukannya.

**Mais Gregor eut également plus de temps pour constater sa supercherie.**

Tetapi Gregor juga diberi lebih banyak masa untuk melihat kepura-puraannya.

**Même son entrée dans sa chambre était une épreuve pour lui.**

Malah kemasukan wanita itu ke dalam biliknya juga satu dugaan baginya.

Dès qu'elle est entrée, elle a couru directement vers la fenêtre.

Sebaik sahaja dia masuk, dia terus berlari ke arah tingkap.

**Elle n'a même pas pris le temps de fermer la porte.**

Dia langsung tidak meluangkan masa untuk menutup pintu.

**Normalement, elle épargnait à tout le monde la vue de la chambre de Gregor.**

Biasanya dia tidak akan membiarkan semua orang melihat bilik Gregor.

**Et elle ouvrit brusquement la fenêtre d'un geste rapide.**

Dan dia menarik tingkap itu dengan tangan yang tergesa-gesa.

**Puis elle reprit sa respiration comme si elle avait suffoqué.**

Kemudian dia menarik nafas lagi seolah-olah dia sedang sesak nafas.

**L'air qui entrait était froid, et elle respira profondément.**

Udara yang masuk terasa sejuk, dan dia menarik nafas dalam-dalam.

**Mais elle resta néanmoins un moment près de la fenêtre.**

Namun begitu, dia tetap berada di tepi tingkap untuk seketika.

**Elle effrayait Gregor deux fois par jour avec ce rituel.**

Dia menakutkan Gregor dua kali sehari dengan rutin ini.

**Pendant qu'elle était dans la pièce, il tremblait sous le canapé.**

Semasa dia berada di dalam bilik, dia menggigil di bawah sofa.

**Il savait qu'elle aurait aimé lui épargner cette épreuve.**

Dia tahu wanita itu ingin menyelamatkannya daripada dugaan itu.

**Mais elle ne pouvait pas rester dans la pièce avec la fenêtre fermée.**

Tetapi dia tidak boleh berada di dalam bilik yang tingkapnya tertutup.

**Il y a eu une fois où elle est arrivée un peu plus tôt.**

Ada satu ketika dia datang lebih awal sedikit.

**Probablement environ un mois après la transformation de Gregor.**

Mungkin kira-kira sebulan selepas transformasi Gregor.

**Elle s'était plus ou moins habituée à sa nouvelle apparence.**

Dia agak sudah biasa dengan penampilan baharu lelaki itu.

**Elle n'avait donc plus aucune raison d'être particulièrement choquée.**

Jadi dia tidak mempunyai sebab untuk berasa terlalu terkejut lagi.

**Elle le trouva toujours immobile, le regard fixé par la fenêtre.**

Dia mendapati lelaki itu masih merenung ke luar tingkap, tidak bergerak.

**Il se trouvait dans le pire endroit où il aurait pu être.**

Dia berada di tempat paling mengerikan yang pernah dia alami.

**Il n'aurait pas été surpris si elle n'était pas entrée.**

Dia tidak akan terkejut jika wanita itu tidak masuk.

**Il l'empêcha d'ouvrir la fenêtre.**

Di mana dia berada menghalangnya daripada membuka tingkap.

**Elle quitta rapidement la pièce et ferma la porte.**

Dia cepat-cepat keluar dari bilik itu semula, lalu menutup pintu.

**Un étranger aurait pu tirer toutes sortes de conclusions.**

Orang yang tidak dikenali boleh membuat pelbagai kesimpulan.

**Peut-être attendait-il simplement l'occasion de la mordre.**

Mungkin dia hanya menunggu peluang untuk menggigitnya.

**Gregor, bien sûr, s'est immédiatement caché sous le canapé.**

Gregor, sudah tentu, segera bersembunyi di bawah sofa.

**Mais il dut attendre midi pour que sa sœur revienne.**

Tetapi dia terpaksa menunggu sehingga tengah hari untuk kakaknya pulang.

**Et elle semblait beaucoup plus agitée que d'habitude.**

Dan dia kelihatan jauh lebih resah daripada biasanya.

**Il réalisa que sa vue lui était encore insupportable.**

Dia sedar bahawa pemandangan itu masih tidak tertanggung.
**Sa vue allait lui rester insupportable.**
Melihat lelaki itu akan kekal tidak tertanggung baginya.
**Elle ne pouvait probablement pas supporter de le voir, même partiellement.**
Dia mungkin tidak sanggup melihat mana-mana bahagian badannya.
**Une petite partie dépassait toujours de sous le canapé.**
Sebahagian kecil sentiasa terkeluar dari bawah sofa.
**Un jour, il transporta un drap sur son dos jusqu'au canapé.**
Pada suatu hari dia membawa cadar di belakangnya ke sofa.
**Il voulait lui épargner de voir quoi que ce soit de lui.**
Dia mahu wanita itu tidak melihat mana-mana bahagian dirinya.
**Il arrangea le drap de façon à ce qu'il soit entièrement caché.**
Dia menyusun cadar supaya seluruh tubuhnya tersembunyi.
**Même si elle se baissait, elle ne pourrait pas le voir.**
Walaupun dia membongkok, dia tidak akan dapat melihatnya.
**L'opération a pris à Gregor plus de trois heures.**
Seluruh usaha itu mengambil masa lebih daripada tiga jam bagi Gregor.
**Elle a peut-être pensé que le drap était inutile.**
Dia mungkin beranggapan cadar itu tidak diperlukan.
**Elle aurait su qu'il ne voulait pas du drap.**
Dia pasti tahu bahawa lelaki itu tidak mahu cadar itu.
**Il le faisait pour son confort, et non pour lui-même.**
Dia melakukannya untuk keselesaan wanita itu, bukan untuk dirinya sendiri.
**Et elle aurait pu enlever le drap si elle l'avait voulu.**
Dan dia boleh sahaja menanggalkan cadar katil itu jika dia mahu.
**Mais elle laissa le drap là où Gregor l'avait mis.**
Tetapi dia meninggalkan cadar di tempat Gregor meletakkannya.
**Et Gregor crut même avoir aperçu un regard reconnaissant.**

Dan Gregor juga menyangka dia telah menangkap pandangan penuh rasa terima kasih.

**Il avait doucement soulevé le drap avec sa tête.**

Dia mengangkat cadar katil dengan lembut menggunakan kepalanya.

**Il voulait savoir si sa sœur appréciait cet arrangement.**

Dia ingin tahu sama ada kakaknya menyukai susunan itu.


**Les deux premières semaines ont été les plus difficiles pour les parents.**

Dua minggu pertama adalah yang paling sukar bagi ibu bapa.

**Ils n'ont pas eu le courage d'entrer et de le voir.**

Mereka tidak sanggup masuk dan melihatnya.

**Il a surpris plusieurs de leurs conversations à cette époque.**

Dia terdengar banyak perbualan mereka pada masa ini.

**Ils ont pleinement reconnu tout ce que faisait la sœur.**

Mereka sepenuhnya mengakui semua yang dilakukan oleh kakak itu.

**Même s'ils étaient souvent agacés par elle.**

Walaupun dulu mereka sering berasa jengkel dengannya.

**Parce qu'elle semblait être une fille un peu inutile.**

Kerana dia kelihatan seperti gadis yang agak tidak berguna.

**C'étaient maintenant eux qui attendaient de l'autre côté de la pièce.**

Kini merekalah yang menunggu di seberang bilik.

**Et c'est elle qui est entrée dans la pièce pour tout faire.**

Dan dialah yang masuk ke dalam bilik untuk melakukan semuanya.

**Dès qu'elle est sortie, ils ont voulu tout savoir.**

Sebaik sahaja dia keluar, mereka ingin tahu semuanya.

**Elle a dû leur décrire précisément l'aspect de la pièce.**

Dia perlu memberitahu mereka dengan tepat bagaimana rupa bilik itu.

**« Qu'est-ce que Gregor a mangé ? Comment s'est-il comporté cette fois-ci ? »**

"Apa yang Gregor makan? Bagaimana kelakuannya kali ini?"

**«Y avait-il peut-être une légère amélioration à constater ?»**

"Mungkinkah terdapat sedikit peningkatan yang perlu diperhatikan?"

**La mère, d'ailleurs, était en réalité plus courageuse.**

Ibu itu, sebenarnya, lebih berani.

**Et bien sûr, c'était son propre fils qui se trouvait dans la pièce.**

Dan sudah tentu anaknya sendiri yang berada di dalam bilik itu.

**Elle souhaitait en fait rendre visite à Gregor assez rapidement.**

Dia sebenarnya mahu melawat Gregor tidak lama lagi.

**Mais au départ, son père et sa sœur l'ont retenue.**

Tetapi bapa dan kakaknya pada mulanya menahannya.

**Ils ont avancé des arguments très rationnels pour qu'elle n'y aille pas.**

Mereka membuat hujah-hujah yang sangat rasional agar dia tidak pergi.

**Gregor écouta très attentivement leur raisonnement.**

Gregor mendengar dengan teliti hujah mereka.

**Et il acceptait ce raisonnement autant que sa mère.**

Dan dia menerima alasan itu sama seperti ibunya.

**Plus tard, cependant, il a fallu la retenir par la force.**

Namun, kemudian, dia terpaksa ditahan secara paksa.

**«Laissez-moi entrer voir Gregor, c'est mon malheureux fils !»**

"Biarkan saya masuk ke Gregor, dia anak saya yang malang!"

**« Tu ne comprends pas que je dois aller le voir ? »**

"Awak tak faham ke saya kena pergi jumpa dia?"

**Gregor fut également convaincu par les arguments de sa mère.**

Gregor juga terpujuk dengan hujah-hujah ibunya.

**Peut-être avait-elle raison ; ce serait bien qu'elle vienne.**

Mungkin dia betul; alangkah baiknya jika dia masuk.

**Le voir tous les jours serait beaucoup trop lourd.**

Datang berjumpa dengannya setiap hari sudah terlalu membebankan.

**Mais le voir une fois par semaine suffirait peut-être.**

Tapi berjumpa dengannya mungkin sekali seminggu mungkin sudah memadai.

**Elle pourrait comprendre les choses bien mieux que sa sœur.**

Dia mungkin lebih memahami sesuatu daripada kakak itu.

**Malgré tout son courage, elle n'était encore qu'une enfant.**

Walaupun dia mempunyai keberanian yang luar biasa, dia masih seorang kanak-kanak.

**Peut-être une insouciance enfantine l'a-t-elle poussée à entreprendre cette tâche.**

Mungkin kecuaian kebudak-budakan memaksanya mengambil tugas itu.

**Mais le souhait de Gregor de revoir sa mère se réalisa bientôt.**

Tetapi hasrat Gregor untuk bertemu ibunya tidak lama kemudian menjadi kenyataan.

**Durant la journée, Gregor se tenait à l'écart de la fenêtre.**

Pada siang hari Gregor menjauhkan diri dari tingkap.

**Il a agi ainsi par égard pour ses parents.**

Ini dilakukannya kerana bertimbang rasa terhadap ibu bapanya.

**Il n'avait pas beaucoup de place pour ramper sur le sol.**

Dia tidak mempunyai banyak ruang untuk merangkak di atas lantai.

**Il avait du mal à rester immobile pendant la nuit.**

Dia sukar untuk berbaring diam pada waktu malam.

**Manger ne lui procurait plus le moindre plaisir.**

Makan tidak lagi memberinya sedikit pun keseronokan.

**Bien sûr, il devait trouver un moyen de se distraire.**

Sudah tentu dia perlu mencari jalan untuk mengalihkan perhatiannya.

**Pour se divertir, il grimpait et descendait les murs.**

Untuk menghiburkan dirinya, dia merangkak naik turun dinding.

**Et il rampait aussi le long du plafond, la tête en bas.**

Dan dia juga merangkak di sepanjang siling, dengan bahagian atas ke bawah.

**Il était particulièrement heureux lorsqu'il était suspendu au plafond.**

Dia sangat gembira apabila dia tergantung di siling.

**C'était complètement différent de s'allonger par terre.**

Ia sama sekali berbeza daripada berbaring di atas lantai.

**Il trouvait qu'il respirait beaucoup plus facilement dans cette position.**

Dia mendapati lebih mudah untuk bernafas dalam posisi ini.

**Une légère mais agréable vibration parcourut son corps.**

Satu getaran kecil tetapi menyenangkan menjalari tubuhnya.

**Parfois, il se laissait même trop aller à son bonheur.**

Kadang-kadang dia terlalu santai dengan kebahagiaannya sendiri.

**Il lui arrivait d'être distrait et de lâcher prise du plafond.**

Dia kadangkala terganggu, dan melepaskan siling.

**Et à sa propre surprise, il atterrit de nouveau sur le sol.**

Dan dia sendiri terkejut apabila dia terjatuh semula ke tanah.

**Mais il maîtrisait bien mieux son corps qu'auparavant.**

Tetapi dia mempunyai kawalan badan yang jauh lebih baik berbanding sebelum ini.

**Ainsi, il ne se blessait plus lors de chutes aussi importantes.**

Jadi dia tidak cedera akibat jatuh sebegitu besar sekarang.

**Sa sœur remarqua immédiatement le nouveau plaisir de Gregor.**

Kakak itu serta-merta perasan keseronokan baru Gregor.

**Et on retrouvait des traces de colle là où il avait rampé.**

Dan terdapat kesan pelekat di tempat dia merangkak.

**Là encore, la sœur pensa au bien-être de Gregor.**

Di sini sekali lagi saudari itu memikirkan tentang kesejahteraan Gregor.

**Il apprécierait peut-être d'avoir plus d'espace pour ramper.**

Mungkin dia lebih menghargai lebih banyak ruang untuk merangkak.

**Et l'idée s'est fermement ancrée dans son esprit.**

Dan idea itu tertanam kuat di kepalanya.

**Certains meubles volumineux entravaient sa liberté de mouvement.**

Beberapa perabot besar menghalang pergerakannya yang bebas.

**Il ne travaillait plus, il n'avait donc plus besoin du bureau.**
Dia tidak bekerja lagi, jadi dia tidak memerlukan meja itu.

**Et la boîte prenait plus de place que nécessaire. *****
Dan kotak itu juga mengambil lebih banyak ruang daripada yang diperlukan. ***

**La sœur n'était pas en mesure de déplacer ces choses seule.**
Kakak itu tidak mampu menggerakkan barang-barang ini seorang diri.

**Bien sûr, elle n'osait pas demander de l'aide à son père.**
Sudah tentu dia tidak berani meminta bantuan daripada ayahnya.

**La bonne ne l'aurait certainement pas aidée non plus.**
Pembantu rumah itu pasti tidak akan membantunya juga.

**La nouvelle femme de ménage était en réalité un an plus jeune qu'elle.**
Pembantu rumah baru itu sebenarnya setahun lebih muda daripadanya.

**Elle avait courageusement endossé le rôle de l'ancienne bonne.**
Dia dengan beraninya menggalas peranan sebagai bekas pembantu rumah itu.

**Mais il y avait un privilège auquel elle tenait absolument.**
Tetapi ada satu keistimewaan yang dia berkeras untuk miliki.

**Elle voulait que la cuisine reste verrouillée en permanence.**
Dia mahu dapur itu sentiasa berkunci.

**La sœur n'avait donc pas d'autre choix que de demander à sa mère.**
Jadi kakak itu tidak mempunyai pilihan selain bertanya kepada ibunya.

**La mère est venue à son secours en poussant des cris de joie.**
Dengan jeritan kegembiraan yang teruja, ibunya datang membantu.

**Mais elle se tut devant la porte de la chambre de Gregor.**
Tetapi dia terdiam di pintu bilik Gregor.

**La sœur a vérifié que tout était en ordre dans la chambre.**

Kakak itu memeriksa sama ada semuanya di dalam bilik itu baik-baik saja.

**Gregor avait tiré précipitamment encore plus fort sur le drap.**

Gregor dengan tergesa-gesa menarik cadar katil itu lebih ketat lagi.

**Bien que le drap-housse paraisse encore disposé au hasard.**

Walaupun cadar itu masih kelihatan tersusun secara rawak.

**Et ce n'est qu'alors qu'elle laissa sa mère entrer dans la pièce.**

Dan barulah dia membenarkan ibunya masuk ke dalam bilik.

**Gregor s'abstint également d'espionner sous le drap.**

Gregor juga menahan diri daripada mengintip dari bawah cadar.

**Il a décidé de ne pas voir sa mère cette fois-ci.**

Dia memutuskan untuk tidak berjumpa dengan ibunya kali ini.

**Gregor était déjà content qu'elle soit venue.**

Gregor cukup gembira kerana dia telah masuk.

**«Entrez, vous ne pouvez pas le voir», dit la sœur.**

"Masuklah, awak tak nampak dia," kata kakak itu.

**Gregor supposa qu'elle tenait sa mère par la main.**

Gregor menganggap bahawa dia memimpin tangan ibunya.

**Puis il entendit les deux femmes, faibles, déplacer les meubles.**

Kemudian dia terdengar dua wanita lemah itu mengalihkan perabot.

**La sœur semblait s'attribuer la majeure partie du travail.**

Kakak itu seolah-olah menuntut sebahagian besar kerja itu untuk dirinya sendiri.

**Sa mère craignait qu'elle ne s'épuise.**

Ibunya takut dia akan terlalu memaksakan diri.

**Mais la sœur n'a prêté aucune attention à ces avertissements.**

Tetapi kakak itu tidak menghiraukan amaran-amaran ini.

**Mais même après quinze minutes, les progrès étaient très lents.**

Tetapi walaupun selepas lima belas minit, kemajuan masih sangat perlahan.

**Ils n'avaient pas réussi à déplacer les meubles très loin.**
Mereka tidak sempat memindahkan perabot itu terlalu jauh.
**Ils commençaient lentement à ressentir un sentiment de défaite.**
Perlahan-lahan mereka mula merasai kekalahan.
**La mère fut la première à reconnaître l'inutilité de la démarche.**
Ibu itu adalah orang pertama yang mengakui kesia-siaan itu.
**« Il vaudrait peut-être mieux laisser la boîte ici. »**
"Mungkin lebih baik tinggalkan kotak itu di sini."
**« Le carton est trop lourd pour que nous puissions le déplacer plus loin. »**
"Kotak itu terlalu berat untuk kita bergerak lebih jauh."
**« Et nous n'aurons pas terminé avant l'arrivée de votre père. »**
"Dan kita takkan habis sebelum ayah kau sampai."
**« Laisser la boîte ici lui barrerait encore plus le passage. »**
"Meninggalkan kotak itu di sini akan lebih menghalang jalannya.
**« Et pouvons-nous être sûrs de lui rendre service ? »**
"Dan bolehkah kita pasti bahawa kita sedang melakukan sesuatu yang baik untuknya?"
**Ils commencèrent à penser que le contraire pourrait bien être vrai.**
Mereka mula berfikir bahawa sebaliknya mungkin benar.
**La vue du mur vide lui pesait lourdement sur le cœur.**
Melihat dinding yang kosong itu terasa begitu berat di hatinya.
**Qui nous dit que Gregor ne ressentirait pas la même chose ?**
Apa maksudnya Gregor juga tidak akan berasa seperti ini?
**«Il est déjà habitué aux meubles de sa chambre.»**
"Dia sudah biasa dengan perabot di biliknya."
**«Il pourrait se sentir encore plus abandonné dans une pièce vide.»**
"Dia mungkin rasa lebih terbiar di dalam bilik kosong."
**À ce moment-là, sa voix s'était presque réduite à un murmure.**

Sekarang suaranya hampir merendah menjadi bisikan.

**Elle ignorait en réalité où se trouvait exactement Gregor.**

Dia sebenarnya tidak tahu di mana sebenarnya Gregor berada.

**Elle ne voulait même pas qu'il entende sa voix.**

Dia tidak mahu lelaki itu mendengar suaranya walaupun sekelumit.

**Bien qu'elle fût certaine qu'il ne la comprenait pas.**

Walaupun dia yakin lelaki itu tidak memahaminya.

**« N'aurait-on pas l'impression de l'avoir complètement abandonné ? »**

"Bukankah kita nampak seperti sudah berputus asa sepenuhnya terhadapnya?"

**«N'aura-t-il pas l'impression qu'on le laisse se débrouiller seul ?»**

"Tidakkah dia rasa seperti kita membiarkan dia menghadapinya sendirian?"

**«Nous devrions laisser la pièce exactement comme elle était.»**

"Kita patut tinggalkan bilik ini seperti sedia kala."

**« Gregor finira par nous revenir comme avant. »**

"Akhirnya Gregor akan kembali kepada kita seperti sedia kala."

**«Alors il constatera que tout est encore à sa place.»**

"Kemudian dia akan mendapati semuanya masih di tempatnya."

**« Et il oubliera beaucoup plus facilement la période intermédiaire. »**

"Dan dia akan melupakan tempoh sementara dengan lebih mudah."

**En entendant ces mots, Gregor réalisa quelque chose.**

Apabila Gregor mendengar kata-kata ini, dia tersedar sesuatu.

**Son esprit était devenu confus au cours des deux derniers mois.**

Fikirannya menjadi kucar-kacir sejak dua bulan kebelakangan ini.

**Le manque d'interactions humaines ne lui avait pas fait de bien.**

Kekurangan interaksi manusia tidak baik untuknya.

**Il avait vraiment besoin de la vie monotone au sein de sa famille.**

Dia benar-benar memerlukan kehidupan yang membosankan di tengah-tengah keluarganya.

**Pourquoi aurait-il formulé une demande aussi absurde autrement ?**

Apatah lagi dia membuat tuntutan yang tidak masuk akal itu?

**Quel sens pouvait-il y avoir à vider sa chambre ?**

Apa gunanya mengosongkan biliknya?

**La chambre confortable est meublée de meubles hérités.**

Bilik yang selesa dilengkapi dengan perabot pusaka.

**Pourquoi voudrait-il transformer cette chaleur familière en une grotte ?**

Mengapa dia mahu menukar kehangatan yang diketahui ini menjadi sebuah gua?

**Une grotte où il pouvait ramper en toute tranquillité dans toutes les directions.**

Sebuah gua di mana dia boleh merangkak ke semua arah dengan tenang.

**Mais une grotte où il oublia rapidement son passé humain.**

Tetapi sebuah gua di mana dia cepat melupakan masa lalu manusianya.

**Il se demandait s'il était déjà sur le point d'oublier.**

Dia tertanya-tanya adakah dia sudah hampir lupa.

**La voix de sa mère l'avait secoué et lui avait fait se souvenir.**

Suara ibunya telah mengejutkannya untuk mengingatinya.

**La voix qu'il n'avait pas entendue depuis si longtemps.**

Suara yang sudah lama tidak didengarinya.

**Il ne fallait rien enlever ; tout devait rester.**

Tiada apa yang perlu dibuang; semuanya perlu kekal.

**Le mobilier a eu un effet positif sur son état.**

Perabot itu memberi kesan positif kepada keadaannya.

**Et il ne pouvait pas s'en sortir sans ce lien avec le passé.**

Dan dia tidak dapat bertahan tanpa sauh ke masa lalu ini.

**Les meubles l'empêchaient de ramper sans but.**

Perabot itu menghalangnya daripada merangkak tanpa akal.

**Mais ce n'était pas une perte ; c'était au contraire un grand avantage.**

Tetapi itu bukanlah kerugian; sebaliknya, ia adalah satu kelebihan yang besar.

**Malheureusement, sa sœur avait un avis très différent.**

Malangnya, kakak itu mempunyai pendapat yang sangat berbeza.

**Elle était en quelque sorte devenue la porte-parole de Gregor.**

Dia telah menjadi jurucakap Gregor.

**Bien sûr, son opinion n'était pas totalement injustifiée.**

Sudah tentu pendapatnya tidak sepenuhnya tidak berasas.

**Mais l'opinion de sa mère devait être contredite ici.**

Tetapi pendapat ibunya terpaksa dibantah di sini.

**Il ne s'agissait plus seulement d'enlever la boîte.**

Bukan kotak itu sahaja yang perlu dikeluarkan.

**Son bureau et son armoire ne pouvaient pas rester en place non plus.**

Meja dan almari pakaiannya juga tidak boleh dibiarkan begitu sahaja.

**La seule chose indispensable était le canapé.**

Satu-satunya perkara yang sangat diperlukan ialah sofa.

**Elle n'a pas pris cette décision par simple rébellion enfantine.**

Dia tidak memutuskan perkara ini hanya kerana pembangkangan kebudak-budakan.

**Ce n'était pas non plus sa confiance en soi récemment acquise.**

Ia juga bukan keyakinan dirinya yang baru diperolehnya.

**La nouvelle confiance qu'elle avait acquise lui a permis de travailler si dur pour gagner.**

Keyakinan baharu yang dia perlu lakukan adalah bekerja keras untuk menang.

**Même si personne ne s'attendait à ce qu'elle y parvienne.**

Walaupun tiada siapa yang menjangkakan dia mampu melakukannya.

**Gregor avait vraiment besoin de beaucoup d'espace pour ramper.**
Gregor benar-benar memerlukan banyak ruang untuk merangkak.
**Le mobilier ne faisait que réduire l'espace dont il disposait.**
Perabot itu hanya mengehadkan ruang yang dia ada.
**Elle était capable de mieux voir ces choses que sa mère.**
Dia dapat melihat perkara-perkara ini dengan lebih baik daripada ibunya.
**Mais peut-être que son esprit romantique a aussi joué un rôle.**
Tetapi mungkin semangat romantiknya juga memainkan peranan.
**Les filles de cet âge acquièrent souvent un certain enthousiasme.**
Gadis-gadis pada usia itu sering mendapat semangat tertentu.
**Et ils éprouvent le besoin d'obtenir ce qu'ils veulent chaque fois qu'ils le peuvent.**
Dan mereka rasa perlu mendapatkan apa yang mereka inginkan bila-bila masa yang mereka boleh.
**C'est peut-être pour cela qu'elle voulait le saboter en secret.**
Mungkin inilah sebabnya dia mahu mensabotajnya secara rahsia.
**Il est encore plus terrifiant lorsqu'il rampe sur les murs.**
Dia lebih menakutkan apabila dia merangkak di dinding.
**Les parents n'osaient plus entrer dans la pièce.**
Ibu bapa itu tidak berani lagi memasuki bilik itu.
**Elle serait véritablement la seule à prendre soin de son frère.**
Dia benar-benar akan menjadi satu-satunya penjaga abangnya.
**Elle ne laissa pas sa mère la persuader du contraire.**
Dia tidak membiarkan ibunya memujuknya sebaliknya.
**La mère de Gregor se sentait déjà mal à l'aise dans la pièce.**
Ibu Gregor sudah berasa tidak selesa di dalam bilik itu.
**Elle cessa bientôt de parler et aida de nouveau sa fille.**
Dia tidak lama kemudian berhenti bercakap dan membantu anak perempuannya sekali lagi.

**Avec leurs forces restantes, ils ont enlevé l'armoire.**

Dengan baki kekuatan mereka, mereka menanggalkan almari pakaian itu.

**La commode, il pouvait s'en passer.**

Almari berlaci itu sesuatu yang dia boleh tinggalkan.

**Mais le bureau allait devoir rester en place pour le moment.**

Tetapi meja itu terpaksa dikekalkan buat masa ini.

**Pendant l'absence des femmes, il tenta d'évaluer la pièce.**

Semasa wanita-wanita itu tiada, dia cuba menilai keadaan bilik itu.

**Et Gregor passa la tête sous le canapé.**

Dan Gregor menjulurkan kepalanya keluar dari bawah sofa.

**Il devait voir ce qu'il pouvait faire face à la situation.**

Dia perlu melihat apa yang boleh dilakukannya mengenai situasi itu.

**Mais il a été aussi prudent et attentionné que possible.**

Tetapi dia berhati-hati dan bertimbang rasa sebaik mungkin.

**Malheureusement, c'est la mère qui est revenue la première.**

Malangnya, ibunya yang pulang dahulu.

**Grete était encore en train de déplacer l'armoire dans la pièce voisine.**

Grete masih mengalihkan almari pakaian di bilik sebelah.

**Mais la mère n'était pas habituée à la vue de Gregor.**

Tetapi ibunya tidak biasa melihat Gregor.

**Un simple aperçu de lui aurait pu la rendre malade.**

Melihat lelaki itu sekilas pun sudah boleh membuatnya sakit.

**Gregor recula précipitamment jusqu'à l'autre bout du canapé.**

Gregor bergegas ke belakang ke hujung sofa.

**Mais il ne pouvait pas reculer et maintenir le drap en équilibre.**

Tetapi dia tidak dapat berundur dan mengimbangi cadar itu.

**Ce mouvement suffit à attirer l'attention de la mère.**

Pergerakan itu sudah cukup untuk menarik perhatian ibu itu.

**Elle marqua une pause et resta immobile un bref instant.**

Dia berhenti seketika, dan berdiri tegak seketika.

**Puis elle se retourna et sortit de la pièce.**

Kemudian dia berpaling, dan keluar semula dari bilik.

**Gregor se répétait sans cesse que rien d'inhabituel ne s'était produit.**

Gregor asyik memberitahu dirinya sendiri bahawa tiada apa yang luar biasa berlaku.

**« Ce ne sont que quelques meubles qui ont été emportés. »**

"Ia hanyalah beberapa perabot yang telah diambil."

**Mais il dut bientôt admettre que ces événements l'avaient affecté.**

Tetapi dia terpaksa mengakui bahawa peristiwa itu telah memberi kesan kepadanya.

**Les femmes disaient tout ce qu'elles faisaient.**

Wanita-wanita itu telah mengatakan semua yang mereka lakukan.

**Ils faisaient des allers-retours dans la pièce.**

Mereka berjalan mundar-mandir di dalam bilik itu.

**Le bruit des meubles qui grattent le sol.**

Calar-calar semua perabot di atas lantai.

**Il avait l'impression d'être assailli de toutes parts.**

Dia rasa seperti diserang dari semua pihak.

**Il replia sa tête et ses jambes aussi fort qu'il le put.**

Dia menarik kepala dan kakinya sekuat yang dia boleh.

**De toutes ses forces, il plaqua son corps au sol.**

Dengan sekuat tenaga dia menekan badannya ke tanah.

**Il savait qu'il ne pourrait pas supporter tout cela encore longtemps.**

Dia tahu dia tidak mampu menanggung semua ini lebih lama lagi.

**Ils ont vidé sa chambre et ont pris tout ce qu'il aimait.**

Mereka mengosongkan biliknya dan mengambil semua yang dia sayangi.

**Ils avaient déjà pris la boîte contenant tous ses outils.**

Mereka sudah mengambil kotak yang berisi semua peralatannya.

**Ils étaient en train de déloger son lourd bureau du sol.**

Kini mereka sedang melonggarkan mejanya yang berat dari tanah.

**Le bureau sur lequel il avait travaillé en rentrant du travail.**
Meja yang dia gunakan untuk bekerja selepas pulang dari
kerja.
**Le bureau sur lequel il avait noté ses missions
professionnelles.**
Meja tempat dia menulis tugasan perniagaannya.
**Le bureau sur lequel il avait fait ses devoirs au collège.**
Meja tempat dia membuat kerja rumahnya semasa sekolah
menengah.
**Oui, il avait déjà eu ce bureau à l'école primaire.**
Ya, dia sudah mempunyai meja ini semasa di sekolah rendah.
**Il n'a vraiment pas eu le temps de vérifier leurs bonnes
intentions.**
Dia benar-benar tidak mempunyai masa untuk mengesahkan
niat baik mereka.
**Bien qu'il ait presque oublié leur présence.**
Walaupun dia hampir terlupa bahawa mereka masih ada di
sana.
**Parce qu'ils travaillaient en silence, épuisés.**
Kerana mereka bekerja dengan senyap, akibat keletihan.
**Ils étaient trop fatigués pour annoncer leurs mouvements
maintenant.**
Mereka terlalu letih untuk mengumumkan pergerakan
mereka sekarang.
**Il n'entendait que leurs lourds pas sur le sol.**
Yang dia dengar hanyalah derapan kaki berat mereka di atas
lantai.
**À ce moment précis, ils étaient appuyés contre la boîte.**
Tepat pada saat itu mereka sedang bersandar pada kotak itu.
**Et c'est alors que Gregor est sorti de sous le canapé.**
Dan ketika itulah Gregor keluar dari bawah sofa.
**Il a changé de direction à quatre reprises.**
Dia telah menukar arah lariannya sebanyak empat kali.
**Il n'arrivait pas à se décider quel objet sauver en premier.**
Dia tidak dapat memutuskan barang mana yang perlu
disimpan dahulu.
**Soudain, son attention fut attirée par le mur vide.**

Tiba-tiba perhatiannya tertumpu pada dinding yang kosong
itu.

**Ils ne lui avaient laissé que la photo de la dame en fourrure.**

Apa yang mereka tinggalkan hanyalah gambar wanita
berpakaian bulu itu.

**Il rampa jusqu'à la photo pour coller son corps contre le sien.**

Dia merangkak ke arah gambar itu untuk menekan badannya
padanya.

**Et son corps masquait complètement la vue de la photo.**

Dan tubuhnya menutupi sepenuhnya pemandangan gambar
itu.

**Le verre le soutenait et apaisait son ventre brûlant.**

Gelas itu menahannya, dan menenangkan perutnya yang
panas.

**On ne pouvait plus lui enlever cette photo.**

Gambar ini tidak dapat diambil daripadanya lagi.

**Puis il tourna la tête vers la porte du salon.**

Kemudian dia memusingkan kepalanya ke arah pintu ruang
tamu.

**Il allait les regarder retourner dans la pièce.**

Dia hendak memerhatikan wanita-wanita itu kembali ke bilik.

**Et ils ne se reposèrent pas longtemps avant de revenir.**

Dan mereka tidak berehat lama sebelum mereka kembali lagi.

**Grete avait le bras autour de sa mère pour l'aider à marcher.**

Lengan Grete merangkul ibunya untuk membantunya
berjalan.

**« Que prenons-nous maintenant ? » demanda Grete en
regardant autour d'elle.**

"Apa yang perlu kita ambil sekarang?" kata Grete lalu
memandang sekeliling.

**À ce moment précis, son regard croisa celui de Gregor.**

Tepat pada saat itu pandangannya bertembung dengan mata
Gregor.

**Malgré le choc, elle a gardé son sang-froid.**

Walaupun terkejut, dia tetap berwaspada.

**Probablement uniquement à cause de la présence de sa
mère.**

Mungkin hanya kerana kehadiran ibunya.

**Elle pencha le visage vers sa mère, lui cachant la vue.**

Dia menundukkan wajahnya ke arah ibunya, menutup pandangannya.

**Et puis elle dit, d'une voix tremblante et sans réfléchir :**

Dan kemudian dia berkata, walaupun gementar dan tidak berfikir panjang:

**«Allez, on ne devrait pas retourner au salon ?»**

"Jom, tak patut ke kita balik ke ruang tamu?"

**Gregor comprenait aisément les intentions de sa sœur.**

Gregor dapat dengan mudah memahami niat kakak itu.

**Sa priorité absolue était de mettre sa mère en sécurité.**

Keutamaannya yang pertama adalah untuk membawa ibunya ke tempat yang selamat.

**Mais ensuite, elle allait le poursuivre depuis le mur.**

Tetapi kemudian dia akan mengejarnya dari dinding.

**« Eh bien, elle peut toujours essayer ! » pensa Gregor.**

"Baiklah, dia pasti boleh cuba!" fikir Gregor dalam hati.

**Il s'assit fermement sur son tableau et ne le lâcha pas.**

Dia teguh berpegang pada gambarnya dan tidak melepaskannya.

**Il aurait préféré sauter au visage de sa sœur.**

Dia lebih rela melompat ke muka kakak itu.

**Mais les paroles de Grete avaient encore plus inquiété sa mère.**

Tetapi kata-kata Grete lebih membimbangkan ibunya.

**Elle s'écarta pour voir ce qu'on lui cachait.**

Dia berundur ke tepi untuk melihat apa yang disembunyikan daripadanya.

**Et elle vit la tache brune sur le papier peint à fleurs.**

Dan dia ternampak kesan coklat pada kertas dinding berbunga itu.

**Et elle a crié avant même de réaliser que c'était Gregor.**

Dan dia menjerit sebelum dia sedar itu Gregor.

**« Oh mon Dieu ! » hurla-t-elle en tendant les bras.**

"Ya Tuhan," jeritnya sambil menghulurkan tangannya.

**Et elle s'est effondrée sur le canapé comme si elle avait renoncé.**

Dan dia jatuh terduduk di atas sofa seolah-olah dia telah berputus asa.

**« Gregor ! » cria sa sœur en levant le poing.**

"Gregor!" jerit kakak itu kepadanya sambil mengangkat penumbuk.

**Et elle lui lança un regard long, dur et pénétrant.**

Dan dia memandangnya lama, keras, dan tajam.

**C'était la première fois qu'elle lui parlait directement.**

Ini kali pertama dia bercakap secara langsung dengannya.

**Elle a couru dans la pièce voisine pour aller chercher des sels d'ammoniaque.**

Dia berlari ke bilik sebelah untuk mendapatkan garam berbau.

**Elle devait ramener sa mère à la conscience.**

Dia terpaksa menyedarkan ibunya semula.

**Gregor voulait aider, il pourrait sauvegarder la photo plus tard.**

Gregor mahu membantu, dia boleh menyimpan gambar itu kemudian.

**Mais il s'était solidement collé à la vitre.**

Tetapi dia telah tersekat kuat pada kaca itu.

**Il a donc dû s'arracher à ce point en utilisant beaucoup de force.**

Jadi dia terpaksa mengoyakkan dirinya menggunakan banyak kekuatan.

**Il courut lui aussi dans la pièce voisine, où se trouvait sa sœur.**

Dia juga berlari ke bilik sebelah, tempat kakak itu berada.

**Autrefois, il aurait pu lui donner quelques conseils.**

Pada zaman dahulu dia boleh sahaja memberinya sedikit nasihat.

**Mais à présent, il ne pouvait rien faire d'autre que rester là, impuissant, et regarder.**

Tetapi sekarang dia tidak dapat berbuat apa-apa selain berdiri diam dan memerhati.

**Elle fouilla dans le tiroir, ouvrant diverses bouteilles.**

Dia menggeledah botol itu, membuka pelbagai botol.

**Et il lui faisait encore peur quand elle se retournait.**

Dan dia masih menakutkannya apabila dia berpaling.

**Une bouteille est tombée par terre, s'est cassée et a éclaté.**

Sebuah botol jatuh ke lantai, pecah, dan berkecai.

**Un éclat de verre a frappé Gregor au visage et l'a blessé.**

Serpihan kaca terkena muka Gregor dan mencederakannya.

**La bouteille contenait une sorte de liquide caustique.**

Botol itu mengandungi sejenis cecair kaustik.

**Et maintenant, le liquide corrosif brûlait le visage de Gregor.**

Dan kini cecair menghakis itu sedang membakar muka
Gregor.

**Sa sœur, cependant, n'avait pas de temps à consacrer à
Gregor pour le moment.**

Walau bagaimanapun, kakak itu tidak mempunyai masa
untuk Gregor buat masa ini.

**Elle ramassa autant de bouteilles qu'elle put.**

Dia mengutip seberapa banyak botol yang dia boleh.

**Et elle est retournée en courant vers sa mère avec les
médicaments.**

Dan dia berlari kembali kepada ibunya dengan ubat itu.

**Elle claqua la porte du pied, empêchant Gregor d'entrer.**

Dia menghempas pintu dengan kakinya, menghalang Gregor
daripada masuk.

**Il était désormais coupé de sa mère, potentiellement
mourante.**

Dia kini terputus hubungan dengan ibunya yang mungkin
sedang nazak.

**S'il ouvrait la porte, il chasserait sa sœur.**

Jika dia membuka pintu, dia akan menghalau adik
perempuan itu pergi.

**Mais bien sûr, elle devait rester pour s'occuper de sa mère.**

Tetapi sudah tentu dia terpaksa tinggal untuk menjaga
ibunya.

**Il ne pouvait plus rien faire d'autre qu'attendre.**

Tiada apa yang boleh dilakukannya sekarang selain
menunggu mereka.

**Rongé par les remords et l'anxiété, il se mit à ramper.**
Dibebani oleh rasa malu dan cemas, dia mula merangkak.
**Il rampait partout : sur les murs, les meubles, le plafond.**
Dia merangkak ke mana-mana; dinding, perabot, siling.
**Il avait l'impression que toute la pièce tournait autour de lui.**
Dia rasa seperti seluruh bilik itu berputar di sekelilingnya.
**Finalement, désespéré et pris de vertiges, il retomba.**
Akhirnya, dalam keadaan putus asa dan pening, dia jatuh
terduduk semula.
**Et il est tombé directement sur la grande table de la salle à
manger.**
Dan dia jatuh betul-betul di atas meja makan yang besar itu.
**Il resta allongé là un certain temps, engourdi et incapable de
bouger.**
Dia menghabiskan beberapa lama terbaring di sana, kebas dan
tidak dapat bergerak.
**Il était épuisé par tout ce que cette journée lui avait apporté.**
Dia keletihan setelah semua yang telah menimpanya hari ini.
**Le silence régnait partout, mais c'était peut-être bon signe.**
Suasana di sekeliling sunyi sepi, tetapi mungkin itu petanda
baik.
**Puis, brisant le silence, la sonnette retentit à l'extérieur.**
Kemudian, memecah kesunyian, loceng pintu di luar
berbunyi.
**La bonne, bien sûr, s'était enfermée dans sa cuisine.**
Pembantu rumah itu, sudah tentu, telah mengunci dirinya di
dapurnya.
**La sœur était donc la seule à pouvoir ouvrir la porte.**
Jadi kakak itu sahaja yang boleh membuka pintu.
**« Que s'est-il passé ? » fut la première question du père.**
"Apa yang berlaku?" itulah soalan pertama yang ditanya oleh
bapa itu.
**L'apparence de Grete lui avait probablement tout dit.**
Kemunculan Grete mungkin telah memberitahunya segala-
galanya.
**La voix de Grete devint étouffée et monotone tandis qu'elle
parlait.**

Suara Grete menjadi teredam dan kusam ketika dia bercakap.
**Elle a dû enfouir son visage contre la poitrine de son père.**
Dia pasti telah menyembamkan mukanya ke dada ayahnya.
**« Maman était inconsciente, mais elle va mieux maintenant. »**
"Ibu tidak sedarkan diri, tetapi dia berasa lebih baik sekarang."
**« Gregor s'est échappé », a-t-elle ajouté, ce à quoi il s'attendait.**
"Gregor telah melarikan diri," tambahnya, seperti yang telah dijangkakannya.
**« Je vous l'ai toujours dit, il allait s'échapper un jour. »**
"Saya selalu beritahu awak yang dia akan melarikan diri suatu hari nanti."
**« Mais vous, les femmes, vous ne vouliez pas m'écouter, n'est-ce pas ? »**
"Tapi awak semua perempuan tak nak dengar cakap saya, kan?"
**Gregor comprit rapidement comment son père verrait les choses.**
Gregor cepat menyedari bagaimana ayahnya akan melihat sesuatu.
**Il avait mal interprété le message trop bref de Grete.**
Dia telah salah mentafsir mesej Grete yang terlalu ringkas itu.
**Il supposa que Gregor avait commis un acte de violence.**
Dia menganggap Gregor telah melakukan suatu tindakan keganasan.
**Gregor devait trouver un moyen d'apaiser son père d'une manière ou d'une autre.**
Gregor terpaksa mencari jalan untuk memuaskan hati ayahnya.
**Parce qu'il n'avait pas le temps de lui expliquer les choses.**
Kerana dia tidak mempunyai masa untuk menjelaskan sesuatu kepadanya.
**Mais de toute façon, il n'aurait pas été capable d'expliquer les choses.**
Tetapi dia tetap tidak akan dapat menjelaskan perkara itu.
**Il s'est donc enfui vers la porte et s'y est plaqué.**

Jadi dia melarikan diri ke pintu dan menekan dirinya ke pintu itu.

**Ainsi, son père pourrait le voir depuis l'antichambre.**

Dengan cara itu ayahnya dapat melihatnya dari ruang tamu.

**Et il pourrait constater qu'il avait les meilleures intentions.**

Dan dia akan dapat melihat bahawa dia mempunyai niat yang terbaik.

**Il n'était pas nécessaire de le repousser avec un balai.**

Tidak perlu menolaknya ke belakang dengan penyapu.

**Il aurait suffi que le père ouvre la porte.**

Apa yang perlu dilakukan oleh bapa itu hanyalah membuka pintu.

**Mais il n'était pas d'humeur à remarquer de telles subtilités.**

Tetapi dia tidak berminat untuk memerhatikan perkara-perkara kecil sebegini.

**« Te voilà ! » s'exclama-t-il dès qu'il entra.**

"Kau dah sampai!" jeritnya sebaik sahaja dia masuk.

**C'était comme s'il était à la fois en colère et heureux.**

Seolah-olah dia marah dan gembira pada masa yang sama.

**Il recula la tête et leva les yeux vers son père.**

Dia mengangkat kepalanya ke belakang, lalu memandang ayahnya.

**Il n'avait pas imaginé son père debout là, dans cette position.**

Dia tidak menyangka ayahnya berdiri di situ seperti ini.

**Mais ces derniers temps, il s'était trouvé une nouvelle distraction.**

Tetapi sejak kebelakangan ini, dia telah menemui gangguan baharu.

**Ramper occupait désormais une grande partie de sa journée.**

Merangkak kini mengambil sebahagian besar masanya.

**Auparavant, il se tenait au courant de toutes les nouvelles dans l'appartement.**

Sebelum ini, dia sentiasa menjejaki sebarang berita di apartmen itu.

**Mais ces derniers temps, il n'y avait pas prêté beaucoup d'attention.**

Tetapi dia tidak begitu memberi perhatian sejak kebelakangan ini.

**Il aurait dû se préparer à faire face aux changements.**

Dia sepatutnya bersedia untuk menghadapi perubahan.

**Pour autant, cet homme qui se tenait devant lui était-il encore son père ?**

Walau bagaimanapun, adakah lelaki di hadapannya ini masih bapanya?

**Était-ce le même homme qui avait l'habitude de rester allongé, fatigué, dans son lit ?**

Adakah dia lelaki yang sama yang biasa berbaring keletihan di atas katilnya?

**Alors que Gregor était déjà parti en voyage d'affaires.**

Apabila Gregor telah pun pergi dalam perjalanan perniagaan.

**Était-ce le même homme qui le saluait le soir ?**

Adakah dia lelaki yang sama yang menyambutnya pada waktu petang?

**Lorsqu'il était en robe de chambre, dans son fauteuil.**

Ketika dia memakai gaun tidur di kerusi berlengannya.

**Était-ce le même homme qui n'avait pas pu se lever pour l'accueillir ?**

Adakah dia lelaki yang sama yang tidak dapat bangun untuk menyambutnya?

**Restant assis, il leva le bras en signe de joie.**

Jadi, sambil duduk, dia mengangkat tangannya sebagai tanda kegembiraan.

**Était-ce le même homme avec qui il faisait parfois des promenades ?**

Adakah dia lelaki yang sama yang dia ajak berjalan-jalan sekali-sekala?

**Exceptionnellement : quelques dimanches par an, ou les jours fériés.**

Dalam keadaan yang jarang berlaku: beberapa hari Ahad setahun, atau cuti umum.

**Était-ce le même homme qui marchait, enveloppé dans son pardessus ?**

Adakah dia lelaki yang sama yang berjalan, berselubungi kotnya?

**S'est-il lentement avancé, entre la mère et lui ?**

Adakah dia perlahan-lahan mengunyah ke hadapan, antara ibunya dan dirinya?

**Et ils marchaient déjà lentement à cause de lui.**

Dan mereka sudah pun berjalan perlahan-lahan kerananya.

**Mais à présent, cet homme se tenait droit et fort.**

Tetapi kini lelaki ini berdiri teguh dan tegak.

**Il portait un uniforme bleu à boutons dorés.**

Dia memakai uniform biru dengan butang emas.

**Les badges que portent les employés des institutions bancaires.**

Butang yang dipakai oleh kakitangan institusi perbankan.

**Au-dessus du col rigide, son double menton prononcé se dessinait.**

Di atas kolar yang kaku itu terserlah dagu bergandanya yang tegap.

**Sous ses sourcils broussailleux, ses yeux noirs fixaient le vide.**

Di bawah keningnya yang lebat, mata hitamnya memandang ke luar.

**À présent, ses yeux paraissaient perçants, frais et alertes.**

Kini matanya kelihatan tajam, segar, dan waspada.

**Les cheveux blancs, auparavant ébouriffés, étaient désormais peignés.**

Rambut putih yang sebelum ini kusut masai disikat ke bawah.

**Et ses cheveux étaient désormais coiffés d'une raie centrale méticuleuse.**

Dan rambutnya kini mempunyai belahan tengah yang teliti.

**Il jeta son chapeau, orné d'un monogramme en or.**

Dia melemparkan topinya, yang dilekatkan dengan monogram emas.

**Il s'agissait probablement du monogramme de la banque pour laquelle il travaillait.**

Ia mungkin monogram bank tempat dia bekerja.

**Et le chapeau atterrit sur le canapé, pour être rangé plus tard.**

Dan topi itu mendarat di atas sofa, untuk disimpan kemudian.

**Il repoussa le bas de sa longue veste d'uniforme.**

Dia menolak bahagian bawah jaket seragam panjang itu ke belakang.

**Et il mit ses pouces dans les poches de son pantalon.**

Dan dia memasukkan ibu jarinya ke dalam poket seluarnya.

**Puis, le visage sombre, il s'avança vers Gregor.**

Dan kemudian, dengan wajah yang muram, dia berjalan ke arah Gregor.

**Il ne savait probablement même pas ce qu'il comptait faire.**

Dia mungkin tidak tahu apa yang dia rancangkan.

**Mais il leva néanmoins les pieds exceptionnellement haut.**

Namun begitu, dia mengangkat kakinya tinggi-tinggi.

**Gregor était stupéfait par la taille énorme de ses bottes.**

Gregor kagum dengan saiz butnya yang sangat besar.

**Mais il n'y avait vraiment pas le temps de s'extasier devant ses chaussures.**

Tetapi sebenarnya tidak ada masa untuk mengagumi kasutnya.

**Le père avait opté pour une discipline très stricte.**

Bapanya telah memutuskan untuk mengenakan disiplin yang sangat ketat.

**Seule la plus grande sévérité convenait à Gregor.**

Hanya tahap keterukan yang paling tinggi sahaja yang sesuai untuk Gregor.

**Il le savait dès le premier jour de sa transformation.**

Dia tahu perkara ini sejak hari pertama transformasinya.

**Il courut vers son père et s'arrêta quand celui-ci s'arrêta.**

Dia berlari ke arah ayahnya, dan berhenti ketika ayahnya berhenti.

**Il se précipita de nouveau vers lui lorsqu'il bougea à nouveau.**

Dia meluru ke arahnya sekali lagi apabila lelaki itu bergerak lagi.

**Le père marqua une pause, et Gregor fit de même.**

Si bapa berhenti seketika, begitu juga Gregor.

**Et il se précipita de nouveau en avant dès que son père eut bougé.**
Dan dia meluru ke hadapan semula sebaik sahaja ayahnya bergerak.
**Ils firent ainsi plusieurs fois le tour de la pièce.**
Dengan cara ini mereka berpusing di sekeliling bilik itu beberapa kali.
**Aucun avantage décisif n'avait encore été obtenu par qui que ce soit.**
Tiada kelebihan muktamad yang diperoleh oleh sesiapa pun setakat ini.
**On n'aurait pas pu avoir l'impression d'une poursuite.**
Seseorang tidak mungkin mendapat gambaran seperti satu kejar-mengejar.
**Parce que tout l'événement se déroulait beaucoup trop lentement.**
Kerana keseluruhan acara itu berlaku terlalu perlahan.
**Gregor avait décidé de rester au sol.**
Gregor telah memutuskan bahawa dia akan terus berada di atas tanah.
**Il aurait pu courir le long des murs et du plafond.**
Dia boleh sahaja berlari memanjat dinding dan sepanjang siling.
**Mais il ne voulait pas provoquer inutilement le père.**
Tetapi dia tidak mahu memprovokasi ayahnya tanpa sebab.
**Une telle évasion aurait pu paraître particulièrement perverse.**
Pelarian sedemikian mungkin kelihatan sangat jahat.
**Gregor admit que cette poursuite ne pourrait pas durer beaucoup plus longtemps.**
Gregor mengakui pengejaran ini tidak dapat bertahan lebih lama.
**Chaque étape nécessitait une myriade de mouvements.**
Setiap langkah perlu dipenuhi dengan pelbagai pergerakan.
**Il commençait déjà à avoir le souffle court.**
Dia sudah mula terasa sesak nafas.

**Même avant cela, il n'avait jamais eu des poumons totalement fiables.**
Malah sebelum ini dia tidak pernah mempunyai paru-paru yang boleh dipercayai sepenuhnya.
**Il avançait en titubant, économisant ses forces pour la course.**
Dia berjalan terhuyung-hayang, menyimpan kekuatannya untuk larian.
**Il était si fatigué qu'il avait du mal à garder les yeux ouverts.**
Dia sangat letih sehingga dia hampir tidak dapat membuka matanya.
**Ses pensées étaient devenues trop lentes pour qu'il puisse envisager d'autres solutions.**
Fikirannya menjadi terlalu lambat untuk memikirkan pelarian lain.
**Il avait presque oublié que les murs étaient à sa disposition.**
Dia hampir terlupa bahawa dinding itu tersedia untuknya.
**Mais les murs étaient de toute façon dissimulés derrière des meubles.**
Tetapi dinding-dinding itu tetap tersembunyi di sebalik perabot.
**Et les meubles avaient trop d'encoches et de saillies.**
Dan perabot itu mempunyai terlalu banyak takik dan penonjolan.
**Et puis, juste à côté de lui, en roulant, il y avait une pomme.**
Dan kemudian, betul-betul di sebelahnya, berguling-guling, ada sebiji epal.
**Il réalisa que la pomme avait dû lui être lancée.**
Dia sedar pasti epal itu telah dibaling kepadanya.
**Mais il n'eut pas le temps de réfléchir qu'une autre pomme arriva.**
Tetapi dia tidak mempunyai masa untuk berfikir sebelum sebiji epal lagi datang.
**Gregor resta figé, sous le choc de la nouvelle stratégie de son père.**
Gregor terpaku terkejut dengan strategi baharu ayahnya.
**Il ne pouvait plus rien gagner à essayer de fuir.**

Dia tidak lagi dapat memperoleh apa-apa daripada cuba melarikan diri.

**Le père avait décidé de le bombarder de fruits.**

Si bapa telah memutuskan untuk menghujaninya dengan buah-buahan.

**Il avait rempli ses poches avec les fruits du bol de la cuisine.**

Dia telah mengisi poketnya dari mangkuk buah dapur.

**Sans viser particulièrement, il lançait pomme après pomme.**

Tanpa menyasarkan sesuatu, dia membaling epal demi epal.

**Ces petites pommes rouges roulaient sur le sol.**

Epal merah kecil ini berguling-guling di atas tanah.

**Comme électrifiées, les pommes se heurtèrent les unes aux autres.**

Bagaikan terkena renjatan elektrik, epal-epal itu bertembung antara satu sama lain.

**Une des pommes, lancée mollement, a effleuré le dos de Gregor.**

Sebiji epal yang dilemparkan dengan lemah itu menggesel belakang Gregor.

**Heureusement pour lui, la pomme a glissé sans le blesser.**

Mujurlah baginya, epal itu tergelincir tanpa sebarang bahaya.

**Cependant, la pomme lancée ensuite était plus précise.**

Walau bagaimanapun, epal yang dibaling selepas itu adalah lebih tepat.

**Et cette pomme s'est logée profondément dans le dos de Gregor.**

Dan epal ini tersangkut jauh di belakang Gregor.

**Gregor voulait s'éloigner de la douleur.**

Gregor mahu mengheret dirinya menjauhi kesakitan itu.

**Peut-être pourrait-on échapper à cette nouvelle douleur inimaginable.**

Mungkin kesakitan baharu yang luar biasa ini dapat dielakkan.

**Un changement d'endroit pourrait peut-être soulager son supplice.**

Mungkin pertukaran lokasi dapat melegakan penderitaannya.

**Mais il avait l'impression d'être cloué au sol.**

Tetapi dia rasa seperti telah dipaku ke lantai.

**Il s'étira, mais seulement à cause de sa confusion.**

Dia meregangkan badan, tetapi hanya disebabkan oleh kekeliruannya.

**Ce n'est qu'à son dernier regard qu'il vit la porte s'ouvrir.**

Hanya dengan pandangan terakhirnya barulah dia melihat pintu terbuka.

**La mère s'est précipitée devant sa sœur qui hurlait.**

Ibu itu bergegas keluar di hadapan kakak yang menjerit itu.

**Sa sœur l'avait déshabillée, elle était donc encore en chemise.**

Kakak itu telah menanggalkan pakaiannya, jadi dia masih memakai bajunya.

**Elle avait besoin de respirer pendant son inconscience.**

Dia memerlukan ruang untuk bernafas dalam keadaan tidak sedarkan diri.

**Il voyait encore la mère courir vers le père.**

Dia masih melihat bagaimana ibunya berlari ke arah ayahnya.

**Ses jupes glissèrent au sol, l'une après l'autre.**

Skirtnya tergelincir ke tanah, satu demi satu.

**Il la vit s'approcher du père et trébucher sur sa jupe.**

Dia melihat wanita itu menghampiri ayahnya, dan tersandung pada skirtnya.

**L'enlaçant, elle demanda qu'on épargne la vie de Gregor.**

Sambil memeluknya, dia meminta agar nyawa Gregor diselamatkan.

**En parfaite harmonie avec son corps, sa vue s'est éteinte.**

Dalam keadaan yang menyatu sepenuhnya dengan tubuhnya, penglihatannya menjadi kabur.

## Troisième partie
Bahagian Tiga

**Gregor a souffert de cette grave blessure pendant plus d'un mois.**

Gregor mengalami kecederaan parah selama lebih sebulan.

**La pomme restait incrustée ; personne n'osait l'enlever.**

Epal itu masih tertanam; tiada siapa yang berani mengeluarkannya.

**La pomme restait plantée dans sa chair comme un rappel visible.**

Epal itu kekal dalam dagingnya sebagai peringatan yang boleh dilihat.

**Mais la pomme servait aussi de rappel au père.**

Tetapi epal itu juga berfungsi sebagai peringatan kepada si ayah.

**Il comprit que Gregor ne devait pas être traité comme un ennemi.**

Dia sedar bahawa Gregor tidak seharusnya dilayan seperti musuh.

**Actuellement, son apparence pourrait être triste et repoussante.**

Pada masa ini penampilannya mungkin menyedihkan dan menjijikkan.

**Mais il restait néanmoins un membre de leur famille.**

Namun begitu, dia tetap ahli keluarga mereka.

**Il a fallu accepter et tolérer cette réticence.**

Keengganan itu terpaksa ditelan dan ditoleransi.

**En raison de sa blessure, il risque fort de perdre sa mobilité à jamais.**

Disebabkan lukanya, pergerakannya mungkin hilang selama-lamanya.

**Il continuait à ramper dans sa chambre, mais beaucoup plus lentement.**

Dia masih merangkak di dalam biliknya, tetapi lebih perlahan.

**Ramper à une quelconque hauteur était hors de question.**

Merangkak pada sebarang ketinggian adalah mustahil.

**Mais Gregor a bien reçu une forme de compensation.**
Tetapi Gregor menerima beberapa bentuk pampasan.
**Le soir, la porte du salon lui fut ouverte.**
Pada waktu petang, pintu ruang tamu dibuka untuknya.
**Et il estimait que ces réparations étaient tout à fait adéquates.**
Dan dia merasakan pampasan ini sepenuhnya mencukupi.
**Avant le soir, il avait déjà commencé à surveiller la porte.**
Sebelum petang dia sudah mula memerhatikan pintu.
**Il était allongé dans l'obscurité, invisible depuis le salon.**
Dia berbaring dalam kegelapan, tidak kelihatan dari ruang tamu.
**Il pouvait voir toute la famille à la table illuminée.**
Dia dapat melihat seluruh keluarga di meja yang diterangi cahaya.
**Il était désormais autorisé à écouter leurs conversations.**
Dia kini dibenarkan mendengar perbualan mereka.
**C'était très différent de leur arrangement précédent.**
Ini agak berbeza dengan perjanjian mereka sebelum ini.
**Les conversations animées d'autrefois étaient terminées.**
Perbualan rancak zaman dahulu telah berakhir.
**C'étaient ces conversations qu'il désirait tant.**
Inilah perbualan-perbualan yang pernah dirinduinya.
**Lorsqu'il dormait seul dans de petites chambres d'hôtel.**
Ketika dia tidur bersendirian di bilik-bilik hotel kecil.
**Quand il a dû se jeter dans les draps humides.**
Apabila dia terpaksa membenamkan dirinya ke dalam alas tidur yang lembap.
**Mais les soirées étaient désormais généralement calmes et sans incident.**
Tetapi waktu petang sekarang kebanyakannya sunyi dan tiada apa-apa yang berlaku.
**Le père s'est endormi dans son fauteuil après le dîner.**
Si bapa tertidur di kerusi malasnya selepas makan malam.
**Et la mère et la sœur s'exhortaient mutuellement à se taire.**
Dan ibu dan kakak itu saling menggesa supaya diam.
**La mère, penchée très haut sur la lampe, cousait du lin.**

Si ibu, sambil bersandar jauh di atas cahaya, menjahit linen.
**Elle confectionne maintenant des robes pour l'un des magasins de mode.**
Dia sekarang sedang membuat gaun untuk salah sebuah kedai fesyen.
**Comme Gregor, sa sœur avait trouvé un emploi de vendeuse.**
Seperti Gregor, kakak itu telah mengambil pekerjaan sebagai jurujual.
**Elle apprenait la sténographie et le français le soir.**
Dia belajar trengkas, dan bahasa Perancis, pada waktu petang.
**Afin qu'elle puisse peut-être obtenir un meilleur poste plus tard.**
Supaya dia mungkin boleh mendapat pekerjaan yang lebih baik kemudian hari.
**Parfois, le père se réveillait de sa sieste du soir.**
Kadangkala si ayah terjaga dari tidur petangnya.
**« Chérie, tu as déjà cousu tellement longtemps aujourd'hui ! »**
"Sayang, awak dah lama sangat menjahit hari ini!"
**Il semblait avoir oublié qu'il dormait.**
Dia seolah-olah terlupa bahawa dia telah tidur.
**Mais il retombait aussitôt dans son sommeil.**
Namun dia serta-merta kembali terlena.
**Et la mère et la sœur s'échangèrent un sourire las.**
Dan ibu dan kakak itu tersenyum lelah antara satu sama lain.
**Le père avait développé une étrange nouvelle obstination.**
Si bapa telah membentuk satu sifat degil baharu yang pelik.
**Même chez lui, il refusait d'enlever son uniforme de domestique.**
Walaupun di rumah dia enggan menanggalkan seragam pembantunya.
**Et son peignoir pendait inutilement sur le cintre.**
Dan gaun pengantinnya tergantung tidak berguna di penyangkut baju.
**Le père dormit donc, tout habillé, dans son fauteuil.**

Jadi si bapa tidur, berpakaian lengkap, di kerusi berlengannya.

**C'était comme s'il était toujours prêt à rendre service.**

Seolah-olah dia sentiasa bersedia untuk melakukan khidmatnya.

**Comme s'il attendait simplement la voix de son supérieur.**

Seolah-olah dia hanya menunggu suara orang atasannya.

**Cela a eu pour conséquence que son uniforme a perdu sa propreté.**

Ini mengakibatkan pakaian seragamnya hilang kebersihannya.

**Bien que l'uniforme ne fût pas neuf lorsqu'il l'a reçu.**

Walaupun pakaian seragam itu juga bukanlah sesuatu yang baharu ketika dia mendapatkannya.

**Et la mère faisait de son mieux pour prendre soin de l'uniforme.**

Dan ibunya sedaya upaya menjaga pakaian seragam itu.

**Gregor passait des soirées entières à contempler cet uniforme.**

Gregor menghabiskan sepanjang malam melihat pakaian seragam ini.

**Il observa le vieil homme dormir très mal.**

Dia memerhatikan lelaki tua itu tidur dengan tidak lena.

**Mais dans son sommeil, il remarqua aussi quelque chose de paisible.**

Namun dalam tidurnya dia juga perasan sesuatu yang menenangkan.

**Lorsque l'horloge a sonné dix heures, la mère a essayé de le réveiller.**

Apabila jam menunjukkan pukul sepuluh, ibunya cuba mengejutkannya.

**Elle lui parla doucement et le persuada d'aller se coucher.**

Dia bercakap dengan perlahan, dan memujuknya untuk tidur.

**Parce que dormir sur un fauteuil, ce n'était pas du vrai sommeil.**

Kerana tidur di kerusi berlengan bukanlah tidur yang sebenar.

**Il allait devoir commencer à travailler à six heures.**

Dia perlu mula bekerja pada pukul enam petang.

**Il avait donc vraiment besoin de dormir le mieux possible.**

Jadi dia benar-benar perlu mendapatkan tidur yang lena.

**Mais il était pris d'une nouvelle forme d'obstination.**

Tetapi dia telah dicengkam oleh satu bentuk kedegilan yang baru.

**Le fait de devenir serviteur avait commencé à avoir cet effet sur lui.**

Menjadi seorang hamba telah mula memberi kesan ini kepadanya.

**Il insistait donc toujours pour rester plus longtemps à table.**

Jadi dia selalu berkeras untuk tinggal lebih lama di meja itu.

**Bien qu'il se rendormît régulièrement dans son fauteuil.**

Walaupun dia kerap tertidur di kerusinya semula.

**Et il ne pouvait être déplacé qu'avec la plus grande difficulté.**

Dan dia hanya boleh digerakkan dengan kesukaran yang paling besar.

**Il a fallu lui dire que ce lit lui conviendrait mieux.**

Dia perlu diberitahu bahawa katil itu akan lebih baik untuknya.

**La mère et la sœur ont dû insister, malgré quelques avertissements.**

Ibu dan kakak terpaksa berkeras dengan sedikit amaran.

**Pendant quinze minutes, il se contenta de secouer lentement la tête.**

Selama lima belas minit dia hanya menggelengkan kepalanya perlahan-lahan.

**Et il garda les yeux fermés et refusa de se lever.**

Dan dia terus memejamkan matanya, dan enggan bangun.

**La mère tira doucement, mais fermement, sur sa manche.**

Ibu itu menarik lengan bajunya, perlahan tetapi tegas.

**Et elle lui murmurait des mots flatteurs à l'oreille, encore fatiguée.**

Dan dia membisikkan kata-kata pujian di telinganya yang letih.

**La sœur a interrompu sa tâche pour aider sa mère.**

Kakak itu meninggalkan tugas yang dipikulnya untuk membantu ibunya.

**Mais aucun de leurs efforts n'a fonctionné sur le père.**

Tetapi tiada satu pun daripada usaha mereka yang berkesan terhadap bapa itu.

**Il s'enfonça encore plus profondément dans son fauteuil, prêt à dormir.**

Dia menyandarkan badannya lebih dalam ke kerusi, bersedia untuk tidur.

**Et finalement, les femmes l'ont attrapé sous les aisselles.**

Dan akhirnya wanita-wanita itu memegang ketiaknya.

**Il ouvrit les yeux et les regarda tour à tour.**

Dia membuka matanya dan memandangnya secara bergantian.

**« Quelle vie ! » se plaignit-il en allant se coucher.**

"Alangkah buruknya hidup ini," dia mengeluh sambil hendak tidur.

**« Est-ce là la paix qui m'a été accordée dans ma vieillesse ? »**

"Adakah ini ketenangan yang telah diberikan kepadaku di hari tuaku?"

**Mais alors, s'appuyant sur les deux femmes, il se leva maladroitement.**

Tetapi kemudian, sambil bersandar pada kedua-dua wanita itu, dia bangun dengan kekok.

**Il agissait comme s'il portait le fardeau le plus lourd.**

Dia berlagak seolah-olah dia yang menanggung beban yang paling berat.

**Il laissa les deux femmes le conduire au fond de la pièce.**

Dia membiarkan kedua-dua wanita itu memimpinnya ke hujung bilik.

**Là, il leur souhaita bonne nuit et poursuivit son chemin seul.**

Di sana dia mengucapkan selamat malam kepada mereka, dan meneruskan perjalanannya sendiri.

**Mais la mère jeta précipitamment son nécessaire à couture.**

Tetapi ibunya tergesa-gesa melemparkan peralatan jahitannya.

**Et la sœur posa elle aussi le stylo et le bloc-notes.**

Dan kakak itu juga meletakkan pen dan buku nota.

**Et ils coururent derrière le père pour l'aider davantage.**

Dan mereka berlari di belakang bapa itu untuk membantunya lebih jauh.

**Qui, dans cette famille surmenée, avait du temps à consacrer à Gregor ?**

Siapakah dalam keluarga yang terlalu banyak bekerja ini yang mempunyai masa untuk Gregor?

**Qui aurait pu lui accorder plus d'attention que nécessaire ?**

Siapakah yang boleh memberinya perhatian lebih daripada yang sepatutnya?

**Le budget des ménages est devenu de plus en plus restreint.**

Bajet isi rumah menjadi semakin terhad.

**Finalement, pour faire des économies, ils ont dû licencier la bonne.**

Akhirnya, untuk menjimatkan wang, mereka terpaksa memecat pembantu rumah itu.

**Elle fut remplacée par une femme à la carrure imposante et aux cheveux blancs.**

Dia digantikan dengan seorang wanita bertulang tebal dan berambut putih.

**Mais cette femme ne venait que le matin et le soir.**

Tetapi wanita ini hanya datang pada waktu pagi dan petang.

**Et tout le travail le plus lourd et le plus pénible lui avait été réservé.**

Dan semua kerja yang paling berat dan sukar telah disimpan untuknya.

**Toutes les autres tâches ménagères étaient prises en charge par la mère.**

Semua kerja-kerja lain diuruskan oleh ibu.

**Il est même arrivé que plusieurs bijoux de famille soient vendus.**

Malahan pelbagai barang kemas keluarga telah dijual.

**Des bijoux que les femmes avaient portés avec joie lors des festivités.**

Barang kemas yang dipakai oleh para wanita dengan gembira semasa perayaan.

**Gregor a appris cela lors d'une discussion générale.**
Gregor mempelajari perkara ini daripada salah satu perbincangan umum.
**Le principal grief, cependant, portait sur autre chose.**
Walau bagaimanapun, aduan terbesar adalah sesuatu yang lain.
**L'appartement était trop grand, mais ils ne pouvaient pas déménager.**
Apartmen itu terlalu besar, tetapi mereka tidak boleh berpindah keluar.
**Il était impossible de déplacer Gregor.**
Mustahil mereka boleh memindahkan Gregor.
**Mais Gregor comprit que ce n'était pas seulement une question de considération.**
Tetapi Gregor menyedari bahawa itu bukan sekadar pertimbangan.
**Quelque chose d'autre les a empêchés de déménager ailleurs.**
Ada sesuatu yang menghalang mereka daripada berpindah ke tempat lain.
**Il aurait facilement pu être transporté dans une caisse appropriée.**
Dia boleh sahaja diangkut dalam kotak yang sesuai.
**Leur sentiment de désespoir total les a paralysés.**
Perasaan putus asa yang sepenuhnya menghalang mereka.
**Ils ne voulaient pas admettre que le malheur les avait frappés.**
Mereka tidak mahu mengakui bahawa mereka telah ditimpa musibah.
**Ils ont accompli ce que le monde exige des pauvres.**
Apa yang dituntut dunia daripada orang miskin, mereka tunaikan.
**Le père a apporté le petit déjeuner au jeune employé de banque.**
Si bapa mengambilkan sarapan untuk kerani bank kecil itu.
**La mère s'est sacrifiée pour laver le linge d'inconnus.**

Ibu itu mengorbankan dirinya untuk cucian orang yang tidak dikenali.

**La sœur faisait des allers-retours pour prendre les commandes des clients.**

Kakak itu berlari ke sana ke mari untuk mendapatkan pesanan pelanggan.

**Mais ils n'avaient tout simplement plus la force d'en faire plus.**

Tetapi mereka langsung tidak mempunyai kekuatan untuk berbuat apa-apa lagi.

**La blessure dans le dos de Gregor commença à le faire encore plus souffrir.**

Luka di belakang Gregor mula terasa lebih sakit.

**Chaque soir, la mère et la sœur amenaient le père au lit.**

Setiap malam ibu dan kakak akan membawa ayah tidur.

**Ils laissèrent leur travail où il était et s'assirent ensemble.**

Mereka meninggalkan kerja mereka di tempat asalnya, dan duduk bersama.

**Ils se rapprochèrent et s'assirent joue contre joue.**

Dan mereka bergerak lebih dekat, lalu duduk bersebelahan.

**La mère désigna la pièce d'où il observait.**

Ibu itu menunjuk ke arah bilik dari tempat dia memerhati.

**« Pourriez-vous fermer la porte ? » demanda-t-elle à sa sœur.**

"Boleh tutup pintu ni?" tanyanya kepada kakak itu.

**Et Gregor se retrouva de nouveau seul dans le noir.**

Dan kemudian Gregor ditinggalkan sendirian dalam kegelapan lagi.

**Et dans la pièce voisine, la femme mêla leurs larmes.**

Dan di bilik sebelah, wanita itu mencampurkan air mata mereka.

**Ou bien ils restaient assis, les yeux secs, fixant simplement la table.**

Atau mereka duduk dengan mata yang kering, hanya merenung meja.

**Gregor ne dormait pratiquement pas, ni la nuit ni le jour.**

Gregor hampir tidak tidur langsung, baik malam mahupun siang.

**Il réfléchissait souvent à la façon dont il pourrait aider sa famille.**
Dia sering berfikir bagaimana dia dapat membantu keluarga itu.
**Il songea à gagner à nouveau de l'argent pour eux.**
Dia terfikir untuk mendapatkan wang itu sekali lagi untuk mereka.
**Il songea à faire ce qu'il faisait autrefois pour eux.**
Dia terfikir untuk melakukan apa yang biasa dilakukannya untuk mereka.
**Le représentant autorisé lui revint dans ses pensées.**
Dalam fikirannya, wakil yang diberi kuasa itu kembali.
**Et cette fois, le patron est également venu à l'appartement.**
Dan kali ini bos juga datang ke apartmen itu.
**Et les commis et les apprentis étaient là aussi.**
Dan kerani serta perantis juga ada di sana.
**Même le domestique un peu simplet est venu le voir.**
Malah pembantu pejabat yang lambat akal pun datang berjumpa dengannya.
**Il y avait deux ou trois amis d'autres entreprises.**
Ada dua tiga orang kawan dari perniagaan lain.
**Une des femmes de chambre d'un hôtel de province.**
Salah seorang pembantu rumah dari sebuah hotel di wilayah-wilayah tersebut.
**Un souvenir précieux et fugace auquel il s'efforçait de s'accrocher.**
Kenangan indah dan sekejap yang cuba dikenangnya.
**Une caissière d'une chapellerie pour laquelle il avait des intentions.**
Seorang juruwang dari kedai topi yang dia ada niat untuk mendapatkannya.
**Mais il avait été un peu trop lent à obtenir son approbation.**
Tetapi dia agak terlalu lambat untuk memenangi persetujuannya.
**Ils lui apparurent tous, mêlés à des inconnus.**
Semua itu muncul dalam fikirannya, bercampur dengan orang yang tidak dikenali.

**Et d'autres n'apparurent pas ; ils étaient déjà oubliés.**
Dan yang lain tidak muncul; mereka sudah dilupakan.
**Mais ils ne l'ont pas aidé, ni lui, ni sa famille.**
Tetapi mereka tidak membantunya, dan mereka juga tidak membantu keluarga itu.
**Ils étaient inaccessibles, et il était content quand ils sont partis.**
Mereka tidak dapat dihubungi, dan dia gembira apabila mereka pergi.
**Il n'était pas toujours d'humeur à se soucier de sa famille.**
Dia tidak selalu berminat untuk risau tentang keluarga.
**Et il était rempli de rage à cause de ce manque d'attention.**
Dan dia dipenuhi dengan kemarahan kerana kurangnya perhatian.
**Et il ne pouvait imaginer rien qui puisse lui faire envie.**
Dan dia tidak dapat membayangkan apa-apa yang dia inginkan.
**Mais il avait tout de même prévu de cambrioler le garde-manger.**
Tetapi dia masih membuat rancangan untuk masuk ke pantri.
**Et il allait prendre tout ce qui lui était dû.**
Dan dia akan mengambil semua yang dia layak terima.
**Sa sœur ne faisait plus aucun effort particulier pour lui.**
Kakak itu tidak lagi membuat sebarang usaha khas untuknya.
**Elle ne consacrait plus de temps à chercher à lui plaire.**
Dia tidak lagi meluangkan masa untuk memikirkan tentang menyenangkan hati lelaki itu.
**Avant d'aller travailler, elle a rapidement glissé de la nourriture dans la pièce.**
Sebelum pergi kerja, dia cepat-cepat memasukkan sedikit makanan ke dalam bilik.
**Et le soir venu, elle a rapidement ramassé les restes.**
Dan pada waktu petang dia cepat-cepat menyapu makanan itu semula.
**Elle ne faisait plus attention à savoir s'il avait mangé ou non.**
Sama ada dia sudah makan atau tidak, dia tidak perasan lagi.
**Le plus souvent, la nourriture restait intacte.**

Selalunya sekarang makanan itu tidak disentuh.

**Elle continuait de traverser la pièce rapidement le soir.**

Dia masih cepat-cepat menyapu bilik itu pada waktu petang.

**Mais maintenant, elle se contentait du strict minimum, aussi vite que possible.**

Tetapi sekarang dia melakukan yang paling minimum, secepat mungkin.

**Des traînées de saleté jonchaient les murs.**

Garis-garis tanah dibiarkan mengalir di sepanjang dinding.

**Des boules de poussière et de détritus jonchaient le sol.**

Bebola-bebola debu dan sampah sarap dibiarkan berselerak di atas lantai.

**Gregor manifesta son désapprobation face à son manque d'attention.**

Gregor menunjukkan rasa tidak senangnya terhadap kurangnya perhatian wanita itu.

**Il se tourna selon un angle particulièrement significatif.**

Dia memusingkan badannya pada sudut yang sangat ketara.

**Mais il aurait pu rester à ce poste pendant des semaines.**

Tetapi dia boleh kekal dalam jawatan itu selama berminggu-minggu.

**Sa sœur n'aurait pas remarqué son mécontentement.**

Kakaknya tidak akan perasan akan ketidakpuasan hatinya.

**Elle voyait la saleté aussi bien que lui, voire mieux.**

Dia melihat tanah itu sama seperti lelaki itu, jika tidak lebih baik.

**Mais elle avait décidé de laisser la saleté où elle était.**

Tetapi dia telah memutuskan untuk membiarkan tanah itu di tempatnya.

**À cette époque, elle a développé une sensibilité totalement nouvelle.**

Pada masa itu dia menerima pakai sensitiviti yang sama sekali baharu.

**Elle s'était donné pour mission de nettoyer la chambre de Gregor.**

Dia telah menjadikan membersihkan bilik Gregor sebagai tanggungjawabnya.

**La famille a été touchée par sa gentillesse et sa prévenance.**

Keluarga itu tersentuh dengan keprihatinannya yang baik hati.

**Une fois, sa mère avait nettoyé sa chambre de fond en comble.**

Pernah sekali, ibunya telah membersihkan biliknya dengan teliti.

**Ce n'est qu'après avoir utilisé plusieurs seaux d'eau qu'elle a réussi.**

Hanya selepas menggunakan beberapa baldi air barulah dia berjaya.

**Cependant, l'humidité nouvelle dans la pièce a nui à Gregor.**

Walau bagaimanapun, kelembapan baharu di dalam bilik itu telah memudaratkan Gregor.

**Et il gisait, étendu de tout son long, amer et immobile sur le canapé.**

Dan dia terbaring luas, geram dan tidak bergerak di atas sofa.

**Mais ce n'était que sa première punition pour avoir aidé.**

Tetapi itu hanyalah hukuman pertamanya kerana membantu.

**La sœur remarqua rapidement le changement dans la chambre de Gregor.**

Kakak itu cepat perasan perubahan di bilik Gregor.

**Et elle s'est précipitée dans le salon, extrêmement insultée.**

Dan dia berlari ke ruang tamu, dengan rasa sangat tersinggung.

**Sa mère leva les mains et tenta de la supplier.**

Ibunya mengangkat tangannya, dan cuba merayunya.

**Mais malgré une explication sincère, elle a éclaté en sanglots.**

Namun meskipun telah diberikan penjelasan yang ikhlas, dia tetap menangis teresak-esak.

**Le père, bien sûr, sursauta et se leva de sa chaise.**

Si bapa sudah tentu terkejut dari kerusinya.

**Et les deux parents regardaient, stupéfaits et impuissants.**

Dan kedua orang tua itu memandang, kehairanan dan tidak berdaya.

**Et finalement, leurs émotions s'agitèrent elles aussi.**

Dan akhirnya emosi mereka juga menjadi gelisah.
**Le père a reproché à la mère ce qu'elle avait fait.**
Ayah memarahi ibunya atas apa yang telah dilakukannya.
**« Tu aurais dû laisser la chambre à Grete pour qu'elle la nettoie. »**
"Awak sepatutnya meninggalkan bilik ini untuk Grete bersihkan."
**Grete a crié sur sa mère parce qu'elle avait nettoyé sa chambre.**
Grete menjerit kepada ibunya kerana membersihkan biliknya.
**«Tu n'as plus jamais le droit de nettoyer sa chambre !»**
"Awak tak dibenarkan kemas bilik dia lagi!"
**La mère a essayé d'entraîner le père dans la chambre.**
Ibu cuba mengheret bapanya ke dalam bilik tidur.
**La sœur resta seule dans la pièce, tremblante et sanglotant.**
Kakak itu ditinggalkan di dalam bilik, menggigil dan menangis teresak-esak.
**Et elle frappa la table avec ses petits poings.**
Dan dia menghentak meja dengan penumbuk kecilnya.
**Et Gregor siffla bruyamment de colère contre eux tous.**
Dan Gregor mendesis kuat kerana marah kepada mereka semua.
**Pourquoi personne n'avait-il pensé à lui fermer la porte ?**
Kenapa tiada sesiapa pun yang terfikir untuk menutup pintu untuknya?
**Ils auraient pu lui épargner ce spectacle et ce bruit.**
Mereka boleh sahaja menyelamatkannya daripada melihat dan mendengar bunyi bising ini.
**Sa sœur était épuisée après être rentrée du travail.**
Kakak itu keletihan selepas pulang dari kerja.
**Et s'occuper de Gregor représentait encore plus de travail pour elle.**
Dan menjaga Gregor adalah lebih sukar baginya.
**Mais cela ne signifie pas que la mère aurait dû le faire.**
Tetapi itu tidak bermakna ibunya sepatutnya melakukannya.
**Gregor, en revanche, ne doit pas être négligé.**
Sebaliknya, Gregor tidak boleh diabaikan.

**Mais maintenant, ils avaient une nouvelle bonne qui pouvait faire ce genre de choses.**

Tetapi sekarang mereka mempunyai pembantu rumah baharu yang boleh melakukan perkara-perkara seperti itu.

**Une veuve âgée à la charpente osseuse robuste.**

Seorang balu tua yang mempunyai struktur tulang yang teguh.

**Une stature qui l'a aidée à survivre à sa vie difficile.**

Kedudukan yang membantunya mengharungi kehidupannya yang sukar.

**L'apparence de Gregor ne lui déplaisait pas vraiment.**

Dia langsung tidak berasa benci terhadap penampilan Gregor.

**Elle avait ouvert la porte de la chambre de Gregor par inadvertance.**

Dia secara tidak sengaja telah membuka pintu bilik Gregor.

**Ce n'était pas par curiosité particulière à propos de la pièce.**

Ia bukan kerana rasa ingin tahu tentang bilik itu.

**Elle faisait simplement son travail et a ouvert la porte par hasard.**

Dia hanya melakukan tugasnya, dan kebetulan membuka pintu.

**Gregor, bien sûr, fut complètement surpris par elle.**

Gregor, sudah tentu, sangat terkejut dengannya.

**Il n'était pas poursuivi, mais il courait d'avant en arrière.**

Dia tidak dikejar, tetapi dia berlari ke sana ke mari.

**Elle croisa simplement les bras et le regarda ramper.**

Dan dia hanya melipat tangannya, dan memerhatikannya merangkak.

**Depuis lors, elle lui entrouvrait toujours un peu la porte.**

Sejak itu, dia sentiasa membukakan pintu sedikit untuknya.

**Un matin, elle a jeté un coup d'œil pour voir comment il allait.**

Pernah sekali pada waktu pagi dia menjenguk ke dalam untuk melihat keadaannya.

**Et le soir, elle est allée prendre de ses nouvelles avant de partir.**

Dan pada waktu petang dia memeriksa keadaannya, sebelum dia pergi.

**Au début, elle a aussi essayé de l'appeler pour qu'il vienne la rejoindre.**

Pada mulanya dia juga cuba memanggilnya untuk datang kepadanya.

**« Viens par ici, vieux bousier ! » disait-elle.**

"Mari ke sini, kumbang tahi tua!" dia biasa berkata.

**Ou bien elle disait, amicalement : « Regardez ce vieux bousier ! »**

Atau dia berkata, "tengok kumbang tahi tua tu!", mesra.

**Gregor n'a jamais réagi lorsqu'on lui parlait de cette façon.**

Gregor tidak pernah memberi respons apabila diajak bercakap seperti itu.

**Il resta là, immobile, et l'ignora.**

Dia kekal di situ, tanpa bergerak, dan mengabaikannya.

**« Si seulement on lui avait expliqué comment faire correctement son travail. »**

"Kalaulah dia diberitahu cara melakukan tugasnya dengan betul."

**« Au lieu de me déranger, elle devrait nettoyer ma chambre. »**

"Daripada mengganggu saya, lebih baik dia kemaskan bilik saya."

**Tôt le matin, une forte pluie a frappé les fenêtres.**

Pernah sekali pada awal pagi hujan lebat turun membasahi tingkap.

**Peut-être la pluie était-elle déjà un signe du printemps à venir.**

Mungkin hujan sudah menjadi petanda musim bunga akan datang.

**La bonne recommença à lui parler de cette façon.**

Pembantu rumah itu mula bercakap dengannya dengan cara itu sekali lagi.

**Gregor était tellement amer qu'il se tourna vers elle.**

Gregor begitu marah sehingga dia berpaling menghadapnya.

**Il était lent et infirme, mais c'était une sorte d'attaque.**

Dia perlahan dan uzur, tetapi ia seperti satu serangan.
**La bonne, en revanche, n'avait absolument pas peur de Gregor.**
Walau bagaimanapun, pembantu rumah itu langsung tidak takut kepada Gregor.
**Au lieu de cela, elle souleva une chaise qui se trouvait près de la porte.**
Sebaliknya, dia mengangkat kerusi yang terletak berhampiran pintu.
**Et elle resta là, calmement, la bouche grande ouverte.**
Dan dia berdiri di sana, dengan tenang, dengan mulut ternganga luas.
**Ses intentions étaient claires, même Gregor pouvait le voir.**
Niatnya jelas, malah Gregor dapat melihatnya.
**Et il se retourna lentement pour reprendre sa position initiale.**
Dan dia berpusing, perlahan-lahan, ke posisi asalnya.
**« Donc vous ne voulez pas vous approcher davantage, n'est-ce pas ? »**
"Jadi awak tak nak datang dekat lagi, kan?"
**Et elle remit discrètement la chaise dans le coin.**
Dan dia diam-diam meletakkan kerusi itu kembali ke sudut.

**Gregor ne mangeait presque plus rien.**
Gregor hampir tidak makan apa-apa lagi.
**Parfois, lors de ses promenades dans la pièce, il s'arrêtait.**
Kadangkala, semasa berjalan-jalan di sekitar bilik, dia berhenti.
**Et il se retrouva à côté du repas qui lui avait été préparé.**
Dan dia mendapati dirinya berada di sebelah makanan yang disediakan untuknya.
**Il mit la nourriture dans sa bouche, mais seulement pour jouer avec.**
Dia memasukkan makanan itu ke dalam mulutnya, tetapi hanya untuk bermain-main dengannya.
**Et bien souvent, il le recrachait quelques heures plus tard.**

Dan agak kerap dia meludahkannya lagi selepas beberapa jam.

**Il essaya de trouver une raison à son manque d'appétit.**

Dia cuba mencari sebab mengapa dia tidak berselera makan.

**Peut-être parce qu'il était triste de l'état de sa chambre.**

Mungkin kerana dia sedih dengan keadaan biliknya.

**Mais il s'était fait à l'idée des changements survenus dans la pièce.**

Namun dia sudah dapat menerima perubahan di dalam bilik itu.

**Récemment, sa chambre était devenue une sorte de débarras.**

Baru-baru ini biliknya telah menjadi sejenis bilik stor.

**Ils avaient pris l'habitude de laisser des choses là.**

Mereka sudah terbiasa meninggalkan barang-barang di sana.

**Et il restait maintenant beaucoup de choses de ce genre dans sa chambre.**

Dan kini terdapat banyak perkara seperti itu yang tinggal di dalam biliknya.

**Parce qu'une chambre de l'appartement avait été louée.**

Kerana satu bilik apartmen itu telah disewakan.

**Trois messieurs sérieux louaient la chambre ensemble.**

Tiga orang lelaki yang bersungguh-sungguh menyewa bilik itu bersama-sama.

**Gregor les avait aperçus un jour à travers une fente dans la porte.**

Gregor pernah perasan mereka melalui celah di pintu.

**Ils portaient des barbes fournies et étaient habillés avec un soin méticuleux.**

Mereka mempunyai janggut yang lebat, dan berpakaian rapi.

**Ils étaient scrupuleux quant à la propreté des lieux.**

Mereka teliti dalam memastikan semuanya kemas.

**Leur obsession pour la propreté ne s'arrêtait pas à leur chambre.**

Ketegasan mereka terhadap kekemasan tidak terhenti di bilik mereka sahaja.

**L'appartement entier devait être maintenu d'une propreté impeccable.**

Seluruh apartmen perlu dijaga kebersihannya dengan sempurna.

**Ils étaient encore plus pointilleux sur l'apparence de la cuisine.**

Mereka lebih cerewet tentang rupa dapur itu.

**Et ils ne supportaient aucun encombrement inutile.**

Dan mereka tidak dapat bertolak ansur dengan sebarang kekacauan yang tidak perlu.

**Ils avaient également apporté leurs propres meubles.**

Mereka juga membawa perabot mereka sendiri.

**C'est pourquoi beaucoup de choses étaient devenues superflues.**

Atas sebab ini, banyak perkara telah menjadi tidak perlu.

**C'étaient des choses pour lesquelles personne n'aurait payé.**

Itu adalah perkara-perkara yang tiada siapa akan membayar sebarang wang untuknya.

**Mais la famille ne voulait pas non plus se débarrasser de ces objets.**

Tetapi keluarga itu juga tidak mahu membuang barang-barang ini.

**Tous ces objets ont fini quelque part dans la chambre de Gregor.**

Semua benda ini masuk ke dalam bilik Gregor.

**Le cendrier de la cuisine se trouvait désormais dans sa chambre.**

Kotak abu dari dapur itu disimpan di biliknya sekarang.

**Et les ordures étaient entreposées dans sa chambre jusqu'au jour de la collecte.**

Dan sampah itu disimpan di dalam biliknya sehingga hari pembuangan sampah.

**La bonne a jeté dans sa chambre tout ce dont elle n'avait pas besoin.**

Pembantu rumah itu melemparkan apa sahaja yang tidak diperlukannya ke dalam biliknya.

**Heureusement, il n'a vu que la main et l'objet.**

Mujurlah dia tidak nampak apa-apa selain tangan dan barang itu.

**Elle comptait probablement revenir chercher les affaires plus tard.**
Dia mungkin berniat untuk kembali mengambil barang-barang itu kemudian.
**Ou peut-être voulait-elle tout jeter d'un coup.**
Atau mungkin dia mahu membuang semuanya sekaligus.
**Cependant, tout est resté là où il s'était initialement posé.**
Walau bagaimanapun, semuanya kekal di tempat ia pertama kali mendarat.
**À moins que Gregor n'ait déplacé les débris en se faufilant à travers.**
Melainkan Gregor mengalihkan sampah itu dengan menggeliat melaluinya.
**Au début, il a été obligé de ramper à travers tous les détritus.**
Pada mulanya dia terpaksa merangkak melalui semua barang rongsokan itu.
**Il lui était impossible d'éviter cela.**
Tiada kemungkinan untuk dia mengelak daripada berbuat demikian.
**Mais plus tard, il a finalement trouvé du plaisir dans cette activité.**
Tetapi kemudian dia benar-benar menemui keseronokan dalam aktiviti ini.
**Bien que ces efforts l'aient laissé triste et profondément fatigué.**
Walaupun usaha sedemikian telah membuatnya sedih dan sangat letih.
**Et ensuite, il est resté incapable de bouger pendant de nombreuses heures.**
Dan selepas itu dia tidak dapat bergerak selama berjam-jam.
**Les locataires prenaient parfois leurs repas dans le salon.**
Penghuni penginapan kadangkala makan di ruang tamu.
**La porte du salon restait fermée ces soirs-là.**
Pintu ruang tamu tetap tertutup pada malam-malam seperti itu.
**Mais Gregor n'avait aucune difficulté à ne pas ouvrir la porte à présent.**

Tetapi Gregor tidak menghadapi kesukaran untuk tidak membuka pintu sekarang.

**Même lorsque la porte était ouverte, il ne regardait pas toujours dehors.**

Walaupun pintu terbuka dia tidak selalu memandang ke luar.

**Mais il s'allongea dans le coin le plus sombre de la pièce.**

Tetapi dia berbaring di sudut paling gelap bilik itu.

**La famille n'a pas non plus remarqué son manque d'attention.**

Keluarga itu juga tidak perasan akan kekurangan perhatiannya.

**Mais une fois, la bonne a laissé la porte ouverte.**

Tetapi ada suatu ketika pembantu rumah meninggalkan pintu terbuka.

**La porte est restée ouverte même au retour des locataires.**

Pintu itu tetap terbuka walaupun penghuni penginapan itu kembali.

**Et la porte était ouverte quand la lumière a été allumée.**

Dan pintu itu terbuka apabila lampu dihidupkan.

**L'homme était assis à la table où la famille dînait.**

Lelaki itu duduk di meja tempat mereka sekeluarga makan malam.

**Autrefois, père, mère et Gregor étaient assis là.**

Ayah, ibu dan Gregor duduk di sana pada zaman dahulu.

**Ils déplièrent les serviettes et prirent des couteaux et des fourchettes.**

Mereka membuka lipatan tuala wanita itu, dan mengambil pisau serta garpu.

**La mère apparut sur le seuil avec un bol de viande.**

Ibu itu muncul di muka pintu dengan semangkuk daging.

**Puis sa sœur est entrée avec un bol plein de pommes de terre.**

Kemudian kakak itu masuk dengan semangkuk penuh kentang.

**Les locataires se penchèrent sur les bols placés devant eux.**

Para penghuni penginapan membongkok di atas mangkuk yang diletakkan di hadapan mereka.

**L'épaisse fumée des aliments leur montait jusqu'au nez.**
Asap tebal makanan itu naik ke hidung mereka.
**Mais ils n'avaient pas encore décidé s'ils allaient manger.**
Tetapi mereka belum memutuskan sama ada mereka akan
makan makanan itu atau tidak.
**Peut-être renverraient-ils le plat en cuisine.**
Mungkin mereka akan menghantar kembali makanan itu ke
dapur.
**L'homme assis au milieu semblait être l'autorité.**
Lelaki yang duduk di tengah itu seolah-olah orang yang
berwibawa.
**Il a coupé la viande pour déterminer si elle était
suffisamment tendre.**
Dia memotong daging itu untuk menentukan sama ada ia
cukup empuk.
**Il était satisfait de l'odeur et de l'apparence des aliments.**
Dia berpuas hati dengan bau dan rupa makanan itu.
**La mère et la sœur les observaient avec anxiété.**
Ibu dan kakaknya memerhatikan mereka dengan penuh rasa
cemas.
**Et ils commencèrent à sourire, poussant un soupir de
soulagement accumulé.**
Dan mereka mula tersenyum dengan keluhan lega yang
terkumpul.
**La famille allait elle-même manger dans la cuisine.**
Keluarga itu sendiri akan makan di dapur.
**Mais avant cela, le père alla voir comment allaient les
locataires.**
Tetapi pertama sekali si bapa pergi memeriksa keadaan para
penyewa.
**Il s'inclina une fois, tenant sa casquette de travail à la main.**
Dia tunduk sekali, sambil memegang topi kerjanya di
tangannya.
**Et il fit le tour de la table, saluant chaque invité.**
Dan dia berjalan mengelilingi meja, kepada setiap tetamu
**Les locataires se levèrent tous en marmonnant dans leur
barbe.**

Semua penghuni penginapan berdiri, bergumam sambil mencabut janggut mereka.

**Après son départ, ils mangèrent dans un silence presque complet.**

Selepas dia pergi, mereka makan dalam diam yang hampir sepenuhnya.

**Gregor trouvait étrange d'entendre des bruits de mastication.**

Gregor berasa pelik kerana dia boleh mendengar bunyi mengunyah.

**Aucun autre aspect du repas ne semblait produire le moindre son.**

Tiada aspek makan lain yang mengeluarkan sebarang bunyi.

**Mais il pouvait distinctement entendre des dents grincer.**

Tetapi dia dapat mendengar dengan jelas bunyi gigi-gigi mereka bergemeretak.

**Ils semblaient lui dire qu'il avait besoin de dents pour manger.**

Mereka seolah-olah memberitahunya bahawa dia memerlukan gigi untuk makan.

**« On ne peut rien faire si on n'a plus de dents dans la mâchoire. »**

"Awak tak boleh buat apa-apa kalau rahang awak tak bergigi."

**« J'aimerais manger quelque chose », dit Gregor avec anxiété.**

"Saya teringin makan sesuatu," kata Gregor dengan cemas.

**« Mais je n'ai aucun appétit pour ce que vous mangez tous. »**

"Tapi aku tak ada selera nak makan apa yang kau semua tengah makan ni."

**« Regardez ces locataires manger, et moi je meurs de faim. »**

"Tengoklah penghuni-penginapan ini makan, dan di sini aku kelaparan."

**Ce soir-là, Gregor pensait justement au violon.**

Gregor kebetulan teringatkan biola petang itu.

**Il n'avait plus entendu le violon depuis la transformation.**

Dia tidak pernah mendengar biola sejak transformasi itu.

**Mais ce soir-là, un bruit est venu de la cuisine.**

Tetapi kemudian, petang ini, satu bunyi datang dari dapur.

**Les messieurs avaient déjà terminé leur repas du soir.**

Tuan-tuan itu sudah pun selesai makan malam mereka.

**L'homme du milieu avait commencé à lire un journal.**

Lelaki tengah itu telah mula membaca surat khabar.

**Il avait donné une feuille à chacun des deux autres messieurs.**

Dia telah memberikan setiap seorang daripada dua lelaki yang lain sehelai kain.

**Et maintenant, ils étaient affalés en arrière, en train de lire et de fumer.**

Dan sekarang mereka sedang bersandar, membaca dan merokok.

**Lorsque le violon commença à jouer, ils devinrent attentifs.**

Apabila biola mula dimainkan, mereka menjadi perhatian.

**Ils se levèrent et marchèrent sur la pointe des pieds jusqu'à la porte de l'antichambre.**

Mereka berdiri dan berjalan berjingkat ke pintu bilik tamu.

**Ils se tenaient là, blottis les uns contre les autres, écoutant à la porte.**

Di sini mereka berdiri berkerumun bersama, mendengar di pintu.

**La famille a dû entendre les hommes qui étaient dans la cuisine.**

Keluarga itu pasti terdengar suara lelaki-lelaki itu dari dapur.

**Car le père les appela et leur demanda :**

Kerana bapa itu memanggil mereka, dan bertanya kepada mereka;

**« Le violon ne serait-il pas inconfortable pour ces messieurs ? »**

"Adakah biola itu mungkin tidak selesa untuk tuan-tuan?"

**« Si la musique ne vous plaît pas, on peut s'arrêter immédiatement. »**

"Kalau awak tak suka muziknya, kita boleh berhenti serta-merta."

**« Au contraire », dit celui du milieu des messieurs.**

"Sebaliknya," kata lelaki-lelaki itu di tengah-tengah mereka.

« La jeune fille aimerait-elle jouer du violon dans notre chambre ? »

"Adakah wanita muda itu suka bermain biola di bilik kita?"

« C'est nettement plus confortable et chaleureux ici. »

"Sudah tentu di sini jauh lebih selesa dan nyaman."

**Le père répondit comme s'il était lui-même le violoniste.**

Si bapa menjawab seolah-olah dia sendiri pemain biola itu.

« **Oh, je vous en prie, ce serait merveilleux** », s'écria le père.

"Oh, tolonglah, itu pasti indah," jerit si bapa.

**Les messieurs retournèrent au salon et attendirent.**

Lelaki-lelaki itu kembali ke ruang tamu dan menunggu.

**Peu après, le père entra dans la pièce avec le pupitre.**

Tidak lama kemudian, ayahnya masuk ke dalam bilik yang mempunyai pentas muzik.

**La mère entra dans la pièce avec le livre de musique.**

Ibu masuk ke dalam bilik dengan buku muzik.

**Et la sœur entra dans la pièce avec le violon.**

Dan kakak itu masuk ke dalam bilik dengan biola.

**Elle a calmement tout préparé pour jouer du violon.**

Dia dengan tenang menyediakan segala-galanya untuk bermain biola.

**Les parents exagéraient leur politesse et leurs bonnes manières.**

Ibu bapa itu membesar-besarkan kesopanan dan adab mereka.

**Ils n'avaient jamais loué de chambres à des locataires auparavant.**

Mereka tidak pernah menyewakan bilik kepada penghuni penginapan sebelum ini.

**Et ils n'osaient même pas s'asseoir sur leurs propres chaises.**

Dan mereka tidak berani duduk di kerusi mereka sendiri.

**Au lieu de s'asseoir, le père s'appuya contre la porte.**

Daripada duduk, ayahnya bersandar di pintu.

**Sa main droite était coincée entre deux boutons de son manteau.**

Tangan kanannya berada di antara dua butang kotnya.

**Un monsieur a toutefois offert une chaise à la mère.**

Walau bagaimanapun, ibunya ditawarkan kerusi oleh seorang lelaki budiman.

**Mais elle s'assit là où le monsieur avait placé la chaise.**

Tetapi dia duduk di tempat lelaki itu meletakkan kerusi itu.

**Et il n'avait pas placé la chaise à un endroit précis.**

Dan dia tidak meletakkan kerusi itu di mana-mana sahaja.

**La mère s'assit donc à l'écart de tout le monde, dans un coin.**

Jadi ibu itu duduk berasingan daripada semua orang, di satu sudut.

**Et finalement, la sœur s'est mise à jouer du violon.**

Dan akhirnya kakak itu mula bermain biola.

**Les parents, placés de part et d'autre, suivaient attentivement.**

Ibu bapa, di pihak yang bertentangan, memberi perhatian yang teliti.

**Et ils observaient attentivement chacun des mouvements de sa main.**

Dan mereka memerhatikan setiap pergerakan tangannya dengan teliti.

**Gregor était également attiré par le jeu du violon.**

Gregor juga tertarik dengan permainan biola itu.

**Et il s'aventura un peu plus loin hors de sa chambre.**

Dan dia memberanikan diri keluar dari biliknya sedikit lagi.

**Il avait déjà la tête dans le salon.**

Dia sudah pun berada di dalam ruang tamu dengan kepalanya yang tertunduk.

**Il était très fier d'être très attentionné.**

Dia sangat berbangga kerana bersikap sangat bertimbang rasa.

**Mais récemment, il ne remettait guère en question son manque d'attention.**

Tetapi baru-baru ini dia hampir tidak mempersoalkan kekurangan penjagaannya.

**Même s'il avait maintenant plus de raisons de se cacher qu'auparavant.**

Walaupun dia mempunyai lebih banyak sebab untuk bersembunyi sekarang berbanding sebelum ini.

**Parce que sa chambre était recouverte de poussière et de
saletés diverses.**

Kerana biliknya dipenuhi habuk dan pelbagai jenis kotoran.

**Le moindre mouvement soulevait toutes sortes
d'immondices.**

Pergerakan yang paling sedikit telah membangkitkan pelbagai
jenis kekotoran.

**Toute cette saleté lui collait à la peau : poussière, cheveux,
restes de nourriture.**

Semua tanah ini melekat padanya; habuk, rambut, makanan
masih tinggal.

**Il aurait pu frotter la saleté contre le tapis.**

Dia boleh sahaja menggosok kotoran pada karpet itu.

**C'était quelque chose qu'il faisait plusieurs fois par jour.**

Ini adalah sesuatu yang biasa dilakukannya beberapa kali
setiap hari.

**Mais son indifférence à tout était bien trop grande.**

Tetapi sikap acuh tak acuhnya terhadap segala-galanya terlalu
besar.

**Il n'avait donc pas peur d'aller un peu plus loin.**

Jadi dia tidak takut untuk maju lebih jauh.

**Et il s'est installé sur le sol impeccable du salon.**

Dan dia bergerak ke lantai ruang tamu yang bersih dan rapi.

**Cependant, personne ne l'a remarqué, ni ne lui a prêté
attention.**

Namun, tiada sesiapa yang perasan, atau menghiraukannya.

**La famille était complètement absorbée par le concert.**

Keluarga itu benar-benar asyik dengan konsert itu.

**Les messieurs, quant à eux, ont d'abord battu en retraite.**

Sebaliknya, para lelaki itu pada mulanya berundur.

**Et ils se tenaient tout près, derrière le pupitre de la sœur.**

Dan mereka berdiri rapat di belakang petak muzik kakak itu.

**S'ils avaient regardé, ils auraient pu voir les notes de
musique.**

Jika mereka melihat, mereka pasti akan melihat not-not muzik
itu.

**Cela aurait évidemment perturbé la sœur.**

Sudah tentu, ini akan mengganggu adik perempuan itu.
**Alors, au lieu de s'asseoir, ils restèrent debout près de la fenêtre.**
Kemudian mereka berdiri di tepi tingkap, dan bukannya duduk.
**Les mains dans les poches, ils continuaient à parler.**
Dengan tangan di dalam poket mereka terus bercakap.
**Ils restèrent là tandis que le père les observait avec anxiété.**
Mereka kekal di sana sementara bapanya memerhati dengan cemas.
**On avait l'impression qu'ils avaient d'autres attentes.**
Seseorang mempunyai tanggapan bahawa mereka mempunyai jangkaan lain.
**Et il semblait vraiment qu'ils avaient été déçus.**
Dan ia benar-benar kelihatan seolah-olah mereka telah kecewa.
**Il semblait qu'ils en avaient assez du spectacle.**
Nampaknya mereka sudah muak dengan persembahan itu.
**Ils avaient laissé le violon troubler leur tranquillité.**
Mereka telah membiarkan biola mengganggu ketenteraman mereka.
**Et ils ne toléraient la musique que par politesse.**
Dan mereka hanya bertolak ansur dengan muzik itu kerana kesopanan.
**La façon dont ils ont dissipé la fumée était particulièrement troublante.**
Cara mereka menghembus asap itu amat membimbangkan.
**Et pourtant, elle jouait du violon avec une telle beauté.**
Namun begitu dia bermain biola dengan begitu indah.
**Son visage était légèrement incliné sur le côté, sur le violon.**
Wajahnya dicondongkan perlahan ke sisi, di atas biola.
**Son regard parcourait tristement les lignes de la musique.**
Matanya merenung dengan sedih di sepanjang alunan muzik.
**Gregor se sentait un peu plus attiré par le salon.**
Gregor rasa ditarik ke ruang tamu sedikit lagi.
**Il gardait la tête près du sol, mais regardait vers le haut.**

Dia tetap menjelingkan kepalanya ke tanah, tetapi mendongak ke atas.

**Peut-être que de cette façon, le regard de sa sœur croiserait le sien.**

Mungkin dengan cara ini pandangan kakaknya mungkin akan bertemu dengan matanya.

**Peut-on vraiment dire qu'il n'était qu'un animal ?**

Bolehkah benar-benar dikatakan bahawa dia hanyalah seekor haiwan?

**Était-il un animal si la musique pouvait le captiver à ce point ?**

Adakah dia seekor haiwan jika muzik dapat memikatnya begitu?

**Il avait l'impression qu'on lui montrait un chemin vers une nourriture inconnue.**

Dia rasa seperti ditunjukkan jalan menuju makanan yang tidak diketahui.

**C'était peut-être là le réconfort qui lui manquait.**

Mungkin inilah rezeki yang dia rindukan.

**Il était déterminé à rejoindre sa sœur.**

Dia bertekad untuk terus berjalan ke arah kakaknya.

**Il avait envie de tirer sur sa jupe pour attirer son attention.**

Dia ingin menarik skirtnya untuk menarik perhatiannya.

**Il voulait lui faire comprendre qu'il l'invitait.**

Dia mahu memberinya tanda jemputan.

**« Viens jouer du violon dans ma chambre », aurait-il voulu dire.**

"Mari main biola di bilik saya," dia ingin berkata.

**Il souhaitait qu'elle soit récompensée pour sa magnifique musique.**

Dia mahu wanita itu diberi ganjaran atas muziknya yang indah.

**« Personne ici ne te récompense pour jouer du violon. »**

"Tiada sesiapa di sini yang memberi ganjaran kepada awak kerana bermain biola."

**Il ne voulait plus la laisser sortir de sa chambre.**

Dia tidak mahu membiarkannya keluar dari biliknya lagi.

**Il voulait qu'elle reste avec lui aussi longtemps qu'il vivrait.**
Dia mahu wanita itu tinggal bersamanya selagi dia masih hidup.
**Pour la première fois, sa transformation eut un avantage.**
Buat pertama kalinya transformasinya memberi manfaat.
**Sa difformité allait enfin lui être utile.**
Kecacatannya akhirnya akan berguna kepadanya.
**Il voulait être présent simultanément aux quatre portes.**
Dia mahu berada di keempat-empat pintu secara serentak.
**Il avait envie de les siffler et de leur cracher dessus de tous les côtés.**
Dia mahu mendesis dan meludah kepada mereka dari pelbagai sudut.
**Sa sœur ne devrait pas être forcée de rester avec lui.**
Kakaknya tidak sepatutnya dipaksa tinggal bersamanya.
**Il voulait qu'elle choisisse volontairement de rester avec lui.**
Dia mahu wanita itu memilih untuk tinggal bersamanya secara sukarela.
**Elle allait s'asseoir à côté de lui et se pencher vers lui.**
Dia bercadang untuk duduk di sebelahnya dan membongkok ke arahnya.
**Et il allait lui parler de l'école de musique.**
Dan dia akan memberitahunya tentang sekolah muzik itu.
**Il avait la ferme intention de l'envoyer à l'académie.**
Dia berniat untuk menghantarnya ke akademi.
**Il en aurait parlé à tout le monde à Noël dernier.**
Dia pasti akan memberitahu semua orang tentang Krismas yang lalu.
**Noël était-il déjà passé ?**
Adakah Krismas benar-benar telah datang dan pergi lagi?
**Et il n'aurait laissé personne le dissuader.**
Dan dia tidak akan membiarkan sesiapa pun menghalangnya daripada berbuat demikian.
**Mais un accident malheureux a tout arrêté.**
Tetapi kemudian kemalangan malang itu menghentikan segalanya.
**La sœur aurait été submergée par l'émotion.**

Kakak itu pasti akan diliputi emosi.

**Et Gregor aurait alors grimpé jusqu'à son épaule.**

Dan kemudian Gregor pasti akan memanjat ke bahunya.

**Et il l'aurait réconfortée en l'embrassant dans le cou.**

Dan dia akan menenangkannya dengan mencium lehernya.

**« Monsieur Samsa ! » appela l'homme au milieu au père.**

"Encik Samsa!" lelaki di tengah itu memanggil si bapa.

**Il pointait Gregor du doigt.**

Dia menuding jari telunjuknya ke arah Gregor.

**Gregor traversait lentement le salon.**

Gregor perlahan-lahan bergerak di atas lantai ruang tamu.

**Le jeu du violon s'est très vite tu.**

Permainan biola dengan cepat menjadi senyap.

**Celui du milieu sourit à ses amis.**

Tengah-tengah tiga lelaki itu tersenyum memandang rakan-rakannya.

**Puis il secoua la tête et regarda Gregor.**

Kemudian dia menggelengkan kepalanya, dan memandang kembali Gregor.

**Le père aurait pu forcer Gregor à retourner dans sa chambre.**

Bapa itu boleh sahaja memaksa Gregor kembali ke biliknya.

**Mais ce n'était pas la première action qu'il décida d'entreprendre.**

Tetapi itu bukanlah tindakan pertama yang diputuskannya.

**Il estimait qu'il était plus important de calmer ces messieurs.**

Dia fikir adalah lebih penting untuk menenangkan tuan-tuan itu.

**Bien qu'ils ne fussent pas vraiment contrariés par Gregor.**

Walaupun mereka langsung tidak kecewa dengan Gregor.

**Gregor semblait plus divertissant que le jeu de violon.**

Gregor kelihatan lebih menghiburkan daripada permainan biola.

**Il s'est précipité vers eux, les bras tendus.**

Dia bergegas ke arah mereka dengan tangan yang dihulurkan.

**Il faisait de son mieux pour leur cacher la vue de Gregor.**

Dia cuba sedaya upaya untuk menutup pandangan mereka tentang Gregor.

**Et il a essayé de les faire retourner dans leur chambre.**

Dan dia cuba menggalakkan mereka kembali ke bilik mereka.

**Au contraire, cela les a un peu agacés.**

Jika ada apa-apa, ini sebenarnya membuatkan mereka sedikit terganggu.

**Mais il était difficile de dire exactement ce qui les agaçait.**

Tetapi sukar untuk mengatakan apa sebenarnya yang mengganggu mereka.

**Le père gâchait le divertissement de la soirée.**

Si bapa telah merosakkan hiburan malam itu.

**Mais ils venaient aussi d'apprendre l'existence de leur nouveau colocataire.**

Tetapi mereka juga baru sahaja mengetahui tentang rakan serumah baharu mereka.

**Ils levèrent les mains comme l'avait fait leur père.**

Mereka mengangkat tangan seperti yang dilakukan oleh bapa itu.

**Ils ont exigé une explication immédiate du père.**

Mereka menuntut penjelasan segera daripada bapanya.

**Ils tiraient nerveusement sur leur barbe, cherchant une réponse.**

Mereka menarik janggut mereka dengan gelisah untuk mendapatkan jawapan.

**Et ils reculèrent jusqu'à leur chambre, mais très lentement.**

Dan mereka bergerak ke belakang ke bilik mereka, tetapi dengan sangat perlahan.

**L'interruption avait plongé la sœur dans une sorte de transe.**

Gangguan itu telah membuatkan kakak itu terlena.

**Elle laissa pendre le violon et l'archet le long de son corps.**

Dia membiarkan biola dan busurnya tergantung di sisinya.

**Et elle regarda la partition comme si elle jouait encore.**

Dan dia memandang not muzik itu seolah-olah masih dimainkan.

**Mais soudain, elle est revenue dans la pièce.**

Tetapi kemudian dia tiba-tiba menarik dirinya kembali ke dalam bilik.

**Et elle avait désormais surmonté le sentiment d'être perdue.**

Dan dia kini telah mengatasi perasaan tersesat itu.
**Elle a posé l'instrument de musique sur les genoux de sa mère.**
Dia meletakkan alat muzik itu di atas riba ibunya.
**La mère était assise sur la chaise, respirant bruyamment.**
Ibu itu duduk di kerusi itu, bernafas berat.
**Et puis la sœur a dû courir dans la pièce voisine.**
Dan kemudian kakak itu terpaksa berlari ke bilik sebelah.
**Elle devait tout préparer pour les messieurs.**
Dia perlu menyediakan semuanya untuk tuan-tuan itu.
**Elle a jeté les couvertures et les coussins en l'air.**
Dia mencampakkan selimut dan kusyen ke udara.
**Et de ses mains expertes, elle a disposé toute la literie.**
Dan dengan tangannya yang mahir, dia menyusun semua alas tidur.
**Elle avait terminé avant que les messieurs n'atteignent la pièce.**
Dia selesai sebelum lelaki-lelaki itu sampai ke bilik.
**Et elle s'est éclipsée avant de les gêner.**
Dan dia menyelinap keluar sebelum menghalang jalan mereka.
**Le père semblait prisonnier de son propre entêtement.**
Si ayah seolah-olah terbelenggu dengan kedegilannya sendiri.
**Et il oublia ainsi tout le respect qu'il devait à ses locataires.**
Dan dia terlupa semua rasa hormat yang terhutang kepadanya kepada penyewanya.
**Il a insisté sans relâche jusqu'à ce que leur porte-parole s'y oppose.**
Dia menolak dan menolak sehingga jurucakap mereka membantah.
**Il a tapé du pied avec colère en arrivant à la porte.**
Dia menghentakkan kakinya dengan marah sebaik sahaja sampai di pintu.
**Et c'est ainsi qu'il immobilisa le père.**
Dan dengan demikian dia membuatkan ayahnya terhenti.
**« Par la présente, je déclare », commença-t-il en s'adressant à son propriétaire.**

"Dengan ini saya mengisytiharkan," dia mula berucap kepada
tuan tanahnya.
**Et il leva la main, regardant toute la famille.**
Dan dia mengangkat tangannya, memandang semua ahli
keluarga itu.
**« En ce qui concerne l'état répugnant de la chambre ; »**
"Berkenaan dengan keadaan bilik yang menjijikkan itu;"
**Et il s'assurait que tous écoutaient ses paroles.**
Dan dia memastikan semua orang mendengar kata-katanya.
**« Par la présente, je vous informe que je vais libérer ma
chambre. »**
"Dengan ini saya memberi notis bahawa saya akan
mengosongkan bilik saya."
**Et il a appuyé son propos en crachant par terre.**
Dan dia lebih lanjut mengemukakan maksudnya dengan
meludah ke tanah.
**« Je ne paierai pas non plus pour les jours que j'ai passés ici.
»**
"Saya juga tidak akan membayar untuk hari-hari saya tinggal
di sini."
**Il n'était cependant pas entièrement satisfait de ce
remboursement.**
Walau bagaimanapun, dia tidak berpuas hati sepenuhnya
dengan bayaran balik ini.
**« Et j'envisagerai de formuler d'autres demandes à votre
encontre. »**
"Dan saya akan mempertimbangkan untuk membuat tuntutan
lain terhadap awak."
**« Croyez-moi, de telles demandes seront très faciles à
justifier. »**
"Percayalah, tuntutan sedemikian akan sangat mudah untuk
dijustifikasikan."
**Il resta silencieux et regarda droit devant lui, vers son père.**
Dia diam dan memandang lurus ke hadapan ke arah ayahnya.
**Il semblait s'attendre à ce qu'il se passe quelque chose de
plus.**

Dia seolah-olah menjangkakan sesuatu yang lebih akan berlaku.

**En fait, ses deux amis ont immédiatement eu la même idée.**

Malah, kedua-dua rakannya serta-merta mempunyai idea yang sama.

**« Nous annulons également nos réservations de chambres », ont-ils déclaré à l'unisson.**

"Kami juga akan membatalkan bilik kami," kata mereka serentak.

**Il a alors saisi la poignée de la porte et l'a fermée.**

Kemudian dia mencapai pemegang pintu dan menutup pintu.

**Et dans un grand fracas, ils s'enfermèrent dans leur chambre.**

Dan dengan dentuman yang kuat mereka mengurung diri di dalam bilik mereka.

**Le père s'est dirigé en titubant vers sa chaise, les mains tâtonnantes.**

Si bapa terhuyung-hayang ke kerusinya dengan tangan yang meraba-raba.

**Et il se laissa tomber sur la chaise, vaincu.**

Dan dia membiarkan dirinya jatuh ke kerusi, kalah.

**On aurait dit qu'il allait faire sa sieste habituelle du soir.**

Nampaknya dia akan tidur siang seperti biasa.

**Mais sa tête hocha presque comme si elle n'était pas soutenue.**

Tetapi kepalanya mengangguk seolah-olah tidak disokong.

**Et on pouvait voir qu'il ne dormait pas du tout.**

Dan dapat dilihat bahawa dia langsung tidak tidur.

**Durant tout ce temps, Gregor n'avait pas bougé de sa place.**

Sepanjang masa ini Gregor tidak berganjak dari tempatnya.

**Il était toujours là où les messieurs l'avaient aperçu pour la première fois.**

Dia masih berada di tempat lelaki-lelaki itu pertama kali melihatnya.

**Même s'il avait voulu déménager, il trouvait cela impossible.**

Walaupun dia mahu bergerak, dia mendapati ia mustahil.

**À cause de sa déception, ou à cause de sa faim.**

Kerana kekecewaannya, atau kerana kelaparannya.

**Il était déçu par l'échec de son plan.**
Dia kecewa kerana rancangannya gagal.
**Et il était affaibli par la faim persistante qu'il ressentait.**
Dan dia lemah akibat kelaparan yang berpanjangan yang
dirasainya.
**Il était certain que tout le monde se retournerait contre lui à
tout moment.**
Dia pasti semua orang akan berpaling daripadanya pada bila-
bila masa.
**C'est avec cette certitude d'un effondrement imminent qu'il
attendit.**
Dengan jangkaan keruntuhan yang akan berlaku, dia
menunggu.
**Le violon commença à glisser des genoux de sa mère.**
Biola itu mula terlepas dari riba ibunya.
**Dans un fracas retentissant, le violon tomba au sol.**
Dengan bunyi yang kuat, biola itu jatuh ke tanah.
**Mais même ce bruit soudain et fracassant ne l'a pas surpris.**
Tetapi bunyi dentuman yang tiba-tiba itu tidak
mengejutkannya.
**« Chers parents, dit la sœur, cela ne peut pas continuer. »**
"Ibu bapa yang dikasihi," kata adik perempuan itu, "ini tidak
boleh berterusan."
**Et elle a frappé du poing sur la table pour appuyer ses
propos.**
Dan dia menghempas tangannya ke atas meja untuk
menjelaskan maksudnya.
**« Je ne prononcerai pas le nom de mon frère devant ce
monstre. »**
"Aku takkan sebut nama abang aku sebelum raksasa ni."
**« C'est pourquoi je le dis aussi crûment que possible : »**
"Itulah sebabnya saya mengatakan ini seterus-terang
mungkin:"
**«Nous n'avons pas d'autre choix que de nous débarrasser de
cet animal.»**
"Kita tiada pilihan selain menghapuskan haiwan ini."

« Nous avons fait de notre mieux pour tolérer et prendre
soin de cet animal. »
"Kami telah melakukan yang terbaik untuk bertolak ansur dan
menjaga haiwan ini."
« Je ne pense pas que quiconque puisse nous blâmer, même
légèrement. »
"Saya rasa sesiapa pun tidak boleh menyalahkan kami sedikit
pun."
« Elle a mille fois raison », a acquiescé le père.
"Dia seribu kali betul," kata ayahnya bersetuju.
La mère n'avait pas encore complètement repris son souffle.
Ibu itu masih belum dapat bernafas sepenuhnya.
Elle se mit à tousser sourdement dans sa main, la respiration
lourde.
Dia mula batuk perlahan ke atas tangannya, bernafas dengan
berat.
Et une expression de folie commença à apparaître dans ses
yeux.
Dan riak wajah yang tidak waras mula muncul di matanya.
La sœur s'est précipitée vers sa mère et lui a pris le front.
Kakak itu meluru ke arah ibunya lalu memegang dahinya.
Les paroles de la sœur semblaient inspirer le père.
Si ayah seolah-olah terinspirasi dengan kata-kata kakak itu.
Et ses pensées semblaient plus claires qu'auparavant.
Dan fikirannya kelihatan lebih jelas daripada sebelumnya.
Il cessa d'acquiescer et se redressa.
Dia berhenti menganggukkan kepalanya, lalu duduk tegak
semula.
Et il jouait avec la casquette de son serviteur, plongé dans
ses pensées.
Dan dia bermain dengan topi pelayannya, termenung jauh.
Les assiettes des locataires étaient encore sur la table.
Pinggan-pinggan daripada penyewa masih berada di atas
meja.
Et il regardait parfois vers Gregor, qui restait silencieux.
Dan kadangkala dia memandang ke arah Gregor yang
pendiam.

« Nous devons essayer de nous en débarrasser », lui dit sa sœur.

"Kita mesti cuba menyingkirkannya," kata kakak itu kepadanya.

La mère était trop occupée à tousser pour écouter.

Ibu itu terlalu asyik batuk sehingga tidak dapat mendengar.

« Ça va vous tuer tous les deux, je le vois déjà venir. »

"Ia akan membunuh kamu berdua, aku sudah dapat menjangkakannya."

«Nous ne pouvons pas tous continuer à travailler aussi dur que nous le faisons.»

"Kita semua tidak boleh terus bekerja keras seperti yang kita lakukan."

« Et chaque jour, nous devons rentrer chez nous et subir ce supplice. »

"Dan setiap hari kita perlu pulang ke rumah untuk menerima seksaan ini."

« Nous n'en pouvons plus. Je n'en peux plus. »

"Kita tak tahan lagi. Saya tak tahan lagi."

Elle s'est effondrée dans les bras de sa mère, en larmes une dernière fois.

Dia jatuh ke arah ibunya dengan tangisan yang terakhir.

Les larmes coulèrent sur son visage et sur celui de sa mère.

Air mata jatuh membasahi wajahnya dan jatuh ke pipi ibunya.

Et elle essuya ses larmes d'un geste machinal.

Dan dia mengesat air mata itu dengan gerakan mekanikal.

« Mon enfant », dit le père d'une voix compatissante.

"Anakku," kata ayahnya dengan suara yang penuh belas kasihan.

Il y avait une profonde sympathie et une grande compréhension dans sa voix.

Terdapat simpati dan pemahaman yang mendalam dalam suaranya.

« Mais que devons-nous faire ? » avoua-t-il ne pas savoir.

"Tapi apa yang perlu kita buat?" dia mengaku tidak tahu.

La sœur haussa simplement les épaules, impuissante.

Kakak itu hanya mengangkat bahunya tanda tidak berdaya.

Et sa confiance d'antan fit de nouveau place aux larmes.

Dan keyakinannya sebelum ini digantikan dengan air mata sekali lagi.

« Si seulement il nous comprenait », dit le père à voix haute.

"Kalaulah dia faham kita," kata ayahnya dengan kuat.

Et il se demandait à moitié si Gregor avait compris.

Dan dia separuh mempersoalkan sama ada Gregor faham.

La sœur lui a secoué la main violemment en pleurant.

Kakak itu hanya menggelengkan tangannya dengan kuat sambil menangis.

Elle a donc indiqué qu'il ne fallait pas envisager cette idée.

Jadi dia memberi isyarat bahawa idea itu tidak sepatutnya difikirkan.

« Mais si seulement il nous comprenait », répéta le père.

"Tetapi kalaulah dia memahami kita," ulang si bapa.

Les yeux fermés, il réfléchit à la réponse de sa sœur.

Sambil memejamkan mata dia memikirkan jawapan kakak itu.

« S'il comprenait qu'un accord pouvait être conclu avec lui. »

"Jika dia faham, satu perjanjian dengannya boleh dibuat."

« Mais vu la situation actuelle… »

"Tetapi dengan keadaan yang seperti ini..."

«Il faut l'enlever,» s'écria la sœur, «c'est la seule solution.»

"Ia mesti pergi," jerit kakak itu, "itulah satu-satunya jalan."

«Il faut vous débarrasser de l'idée que c'est Gregor.»

"Awak kena buang jauh-jauh fikiran yang awak ni Gregor."

« Notre véritable malheur, c'est d'y avoir cru si longtemps. »

"Kerana kita mempercayainya begitu lama adalah malangnya kita yang sebenar."

« Mais comment est-ce possible que ce soit Gregor ? » demanda-t-elle à son père.

"Tetapi bagaimana mungkin Gregor?" dia bertanya kepada ayahnya.

« Il savait qu'un tel animal ne pouvait pas coexister avec les humains. »

"Dia tahu haiwan seperti itu tidak boleh wujud bersama manusia."

« Gregor nous aurait quittés depuis longtemps, volontairement. »

"Gregor pasti sudah lama meninggalkan kita, secara sukarela."

« C'est vrai, nous n'aurions alors plus de frère. »

"Memang benar, kalau begitu kita tidak akan mempunyai saudara lelaki."

« Mais nous pourrions continuer à vivre et à honorer sa mémoire. »

"Tetapi kita boleh terus hidup dan menghormati ingatannya."

« Mais cette bête nous poursuit et chasse nos locataires. »

"Tetapi binatang buas ini mengejar kami dan menghalau penyewa kami."

« De toute évidence, il veut s'emparer de tout l'appartement. »

"Ia jelas mahu mengambil alih seluruh apartmen."

« Cette bête veut nous faire dormir dans la rue. »

"Binatang ini mahu membuat kita tidur di jalanan."

« Regarde, papa, » s'écria-t-elle soudain, « il bouge à nouveau ! »

"Tengok, ayah," tiba-tiba dia menjerit, "dia bergerak lagi!"

Et elle fit quelque chose que même Gregor ne put comprendre.

Dan dia melakukan sesuatu yang Gregor pun tidak faham.

Elle se repoussa, comme pour sacrifier sa mère.

Dia menolak dirinya, seolah-olah mengorbankan ibunya.

Et elle a couru derrière son père pour trouver une sorte de sécurité.

Dan dia berlari di belakang ayahnya untuk mendapatkan keselamatan.

Le père n'était agité que parce que sa fille l'était.

Si bapa hanya berasa gelisah kerana anak perempuannya juga begitu.

Mais lui aussi se leva et leva les bras au-dessus d'elle.

Tetapi kemudian dia juga berdiri, dan mengangkat tangannya ke atasnya.

Mais Gregor n'avait aucune intention d'effrayer qui que ce soit.

Tetapi Gregor tidak berniat untuk menakutkan sesiapa pun.

**Il n'avait surtout aucune intention d'effrayer sa sœur.**

Dia langsung tidak terfikir untuk menakutkan kakaknya.

**Il essayait simplement de faire demi-tour pour retourner dans sa chambre.**

Dia hanya cuba berpatah balik ke arah biliknya.

**Mais, compte tenu de l'aggravation de son état, même cela devenait difficile.**

Tetapi dalam keadaannya yang semakin teruk, ini pun sukar.

**Et il ne pouvait plus se servir pleinement de ses jambes.**

Dan dia tidak dapat menggunakan sepenuhnya semua kakinya lagi.

**Il utilisa donc sa tête pour soulever son corps et se retourner.**

Jadi dia menggunakan kepalanya untuk mengangkat badan dan memusingkan dirinya.

**Il marqua une pause et chercha l'approbation de sa famille du regard.**

Dia berhenti seketika, lalu memandang sekeliling untuk mendapatkan persetujuan keluarganya.

**Il semble que sa bonne intention ait été reconnue.**

Niat baiknya seolah-olah telah diakui.

**Son mouvement ne leur avait procuré qu'un choc momentané.**

Pergerakannya hanya mengejutkan mereka seketika.

**À présent, ils le regardaient tous en silence, visiblement malheureux.**

Kini mereka semua memandangnya dalam diam yang tidak menyenangkan.

**La mère était toujours allongée dans le fauteuil, épuisée.**

Ibu itu masih terbaring di kerusi malas, keletihan.

**Le père et la sœur étaient assis l'un à côté de l'autre.**

Ayah dan kakak itu duduk bersebelahan.

**« Peut-être qu'ils me laisseront faire demi-tour maintenant », pensa Gregor.**

"Mungkin sekarang mereka akan membiarkan saya berpatah balik," fikir Gregor.

**Et il continua à effectuer son mouvement de rotation maladroit.**
Dan dia terus membuat pergerakan memusingnya yang janggal.
**Il ne pouvait réprimer les halètements occasionnels dus à l'effort.**
Dia tidak dapat menahan nafasnya yang sesekali tercungap-cungap tanda penat.
**Et il a été contraint de se reposer à plusieurs reprises entre-temps.**
Dan dia terpaksa berehat beberapa kali di antara waktu-waktu tersebut.
**Plus personne ne le pressait ; c'était à lui de décider.**
Tiada sesiapa yang membuatnya tergesa-gesa sekarang; semuanya terserah kepadanya.
**Finalement, il acheva ce virage lent et douloureux.**
Akhirnya dia menyelesaikan pusingan yang perlahan dan menyakitkan itu.
**Il se dirigea aussitôt vers sa chambre.**
Dia segera mula berjalan terus kembali ke biliknya.
**Il était stupéfait de la distance qui le séparait de sa chambre.**
Dia terkejut dengan betapa jauhnya dia dari biliknya.
**Comment, malgré sa faiblesse, avait-il réussi à y parvenir auparavant ?**
Bagaimana, meskipun lemah, dia bisa sampai ke sana sebelum ini?
**Il avait emprunté presque le même chemin sans s'en apercevoir.**
Dia telah melalui laluan yang hampir sama tanpa menyedarinya.
**Il se concentrait simplement sur le fait de ramper aussi vite qu'il le pouvait.**
Dia hanya menumpukan perhatian untuk merangkak secepat yang dia boleh sekarang.
**L'absence de commentaires ne le dérangeait pas.**
Ketiadaan komen daripada sesiapa pun tidak mengganggunya.

**Ce n'est que lorsqu'il fut déjà à l'intérieur qu'il tourna la tête.**

Hanya apabila dia sudah berada di pintu, barulah dia memusingkan kepalanya.

**Mais il n'a pas pu se retourner complètement.**

Tetapi dia tidak dapat berpaling untuk menoleh ke belakang sepenuhnya.

**Car il sentit sa nuque se raidir encore davantage en se tournant.**

Kerana dia merasakan lehernya semakin kaku ketika dia berpaling.

**Mais il constata que rien n'avait changé derrière lui.**

Tetapi dia mendapati tiada apa yang berubah di belakangnya.

**La seule différence, c'est que sa sœur s'était levée.**

Satu-satunya bezanya ialah kakaknya telah berdiri.

**Son dernier regard lui montra que sa mère s'était endormie.**

Pandangan terakhirnya menunjukkan ibunya telah tertidur.

**Dès qu'il fut entré dans sa chambre, la porte fut fermée.**

Sebaik sahaja dia masuk ke dalam biliknya, pintu ditutup.

**Et dès que la porte fut fermée, le verrouilla.**

Dan sebaik sahaja pintu ditutup, pintu itu terkunci.

**Gregor fut effrayé par le bruit inattendu derrière lui.**

Gregor ketakutan dengan bunyi bising yang tidak dijangka di belakangnya.

**Et ses jambes fléchirent sous lui, surprises par la soudaineté.**

Dan kakinya terhuyung-hayang kerana terkejut secara tiba-tiba itu.

**C'est sa sœur qui s'était précipitée vers la porte derrière lui.**

Kakak itu yang telah bergegas ke pintu di belakangnya.

**Elle s'était déjà dressée, et l'attendait.**

Dia sudah berdiri tegak di sana, dan menunggunya.

**Elle fit alors un petit saut en avant sans que Gregor ne l'entende.**

Dia kemudian melompat ke hadapan dengan ringan tanpa didengari oleh Gregor.

**« Enfin ! » s'écria-t-elle en tournant la clé.**

"Akhirnya!" panggilnya kuat sambil memusingkan kunci.

« Et maintenant ? » se demanda Gregor, seul dans l'obscurité.

"Apa sekarang?" tanya Gregor pada dirinya sendiri, bersendirian dalam kegelapan.

**Il s'aperçut bientôt qu'il ne pouvait plus bouger du tout.**

Tidak lama kemudian, dia mendapati bahawa dia tidak lagi dapat bergerak sama sekali.

**Mais son immobilité ne le surprenait pas vraiment.**

Tetapi dia tidak begitu terkejut dengan ketidakupayaannya.

**Pouvoir se déplacer sur des jambes aussi fines semblait ridicule.**

Dapat bergerak dengan kaki yang kurus begitu terasa mengarut.

**Il ne savait pas comment il avait pu y parvenir.**

Dia tidak tahu bagaimana dia boleh melakukannya.

**Mais à part ça, il se sentait relativement à l'aise.**

Tetapi selain itu dia berasa agak selesa.

**Il est vrai qu'il ressentait une douleur intense dans tout le corps.**

Memang benar dia merasakan kesakitan yang mendalam di seluruh badannya.

**Mais la douleur semblait s'atténuer de plus en plus.**

Namun rasa sakit itu seakan-akan semakin lemah.

**Et il avait l'impression que la douleur finirait par disparaître.**

Dan dia rasa kesakitan itu akhirnya akan hilang.

**Il sentait à peine la pomme pourrie dans son dos.**

Dia hampir tidak dapat merasakan epal busuk itu di belakangnya lagi.

**Il repensa à sa famille avec émotion et amour.**

Dia mengenang kembali keluarganya dengan penuh emosi dan kasih sayang.

**Il ressentait les émotions de sa sœur encore plus intensément qu'elle.**

Dia lebih memahami perasaan adiknya berbanding adiknya.

**Elle avait raison ; il devait partir.**

Dia betul dengan apa yang dia katakan; dia perlu pergi.

**Il passa quelque temps dans cet état désert et paisible.**
Dia menghabiskan beberapa lama dalam keadaan kosong dan damai ini.
**L'horloge sonna trois fois, doucement mais fermement.**
Jam berdenting tiga kali, perlahan tetapi tegas.
**Gregor fut doucement tiré de ses pensées.**
Gregor perlahan-lahan tersedar daripada renungannya.
**Il regarda la lumière du matin pénétrer lentement dans sa chambre.**
Dia memerhatikan cahaya pagi yang perlahan-lahan masuk ke dalam biliknya.
**Puis sa tête s'affaissa complètement, malgré lui.**
Kemudian kepalanya tertunduk sepenuhnya, tanpa kerelaannya.
**Et son dernier souffle s'échappa faiblement de ses narines.**
Dan nafas terakhirnya mengalir lemah dari lubang hidungnya.

**La femme de chambre est entrée dans sa chambre tôt le matin.**
Pembantu rumah itu masuk ke biliknya awal pagi.
**Elle n'a rien trouvé d'inhabituel lors de sa courte visite habituelle.**
Dia tidak menemui apa-apa yang luar biasa semasa lawatan singkatnya yang biasa.
**À bout de forces et dans la précipitation, elle claqua toutes les portes.**
Dengan kekuatan dan ketergesaan, dia menutup semua pintu dengan kuat.
**Il était impossible de dormir paisiblement dans tout l'appartement.**
Tiada tidur yang nyenyak yang dapat dilakukan di seluruh apartmen.
**On lui avait demandé d'éviter de faire cela le matin.**
Dia telah diminta untuk mengelak daripada melakukan ini pada waktu pagi.
**Elle pensait qu'il restait allongé là, immobile, exprès.**

Dia sangkakan lelaki itu sengaja terbaring di situ sehingga tidak bergerak.

**Peut-être voulait-il lui montrer qu'il était offensé.**

Mungkin dia mahu menunjukkan kepadanya bahawa dia tersinggung.

**Elle lui faisait confiance et pensait qu'il était doté d'une intelligence hors du commun.**

Dia percaya lelaki itu mempunyai pelbagai jenis kecerdasan.

**Il se trouve qu'elle tenait le long balai à la main.**

Kebetulan dia sedang memegang penyapu panjang di tangannya.

**Alors, depuis la porte, elle essaya de chatouiller un peu Gregor.**

Jadi, dari pintu, dia cuba menggeletek Gregor sedikit.

**Elle était un peu agacée qu'il ne réponde pas du tout.**

Dia agak kesal kerana lelaki itu langsung tidak memberi sebarang reaksi.

**Alors cette fois, elle le poussa un peu plus fermement.**

Jadi dia menolaknya sedikit lebih kuat kali ini.

**Comme il n'opposait aucune résistance, elle l'examina de plus près.**

Apabila dia tidak menunjukkan sebarang tentangan, dia memerhatikan dengan lebih dekat.

**Elle comprit rapidement ce qui était réellement arrivé à Gregor.**

Dia segera menyedari apa yang sebenarnya telah berlaku kepada Gregor.

**Elle ouvrit davantage les yeux et siffla pour elle-même.**

Dia membuka matanya lebih lebar, dan bersiul sendirian.

**Mais elle n'a pas tardé à ouvrir la porte.**

Namun dia tidak membuang masa sebelum membuka pintu.

**Et elle cria d'une voix forte dans l'obscurité :**

Dan dia berseru dengan suara nyaring ke dalam kegelapan:

**«Viens voir, il est là, complètement mort.»**

"Mari dan lihatlah, di situlah ia terbaring, mati sepenuhnya."

**Les deux parents étaient assis bien droits dans leur lit conjugal.**

Kedua ibu bapa itu duduk tegak di atas katil perkahwinan mereka.

**Il leur fallait d'abord surmonter le choc du bruit.**

Mula-mula mereka terpaksa mengatasi kejutan bunyi bising itu.

**Mais peu à peu, ils ont commencé à comprendre son message.**

Tetapi kemudian mereka perlahan-lahan mula memahami mesejnya.

**Monsieur et Madame Samsa ont chacun sauté de leur côté du lit.**

Encik dan Puan Samsa masing-masing melompat keluar dari sisi katil mereka.

**M. Samsa jeta l'épaisse couverture sur ses épaules.**

Encik Samsa menyarungkan selimut tebal itu ke atas bahunya.

**Et Mme Samsa sortit vêtue uniquement de sa chemise de nuit.**

Dan Puan Samsa keluar hanya dengan baju tidurnya.

**C'est ainsi qu'ils entrèrent dans la chambre de Gregor.**

Dan begitulah cara mereka masuk ke dalam bilik Gregor.

**Entre-temps, la porte du salon s'était également ouverte.**

Sementara itu, pintu ruang tamu juga telah terbuka.

**Grete y dormait depuis l'emménagement des locataires.**

Grete telah tidur di sana sejak penyewa berpindah masuk.

**Elle était entièrement habillée comme si elle n'avait pas dormi du tout.**

Dia berpakaian lengkap seolah-olah dia tidak tidur langsung.

**Son visage pâle semblait également témoigner de son manque de sommeil.**

Wajahnya yang pucat juga seolah-olah membuktikan dia kurang tidur.

**« Il est mort ? » demanda Mme Samsa en regardant la bonne.**

"Dia sudah mati?" tanya Puan Samsa sambil memandang pembantu rumah itu.

**Elle aurait pu le confirmer en le regardant elle-même.**

Dia boleh mengesahkan perkara ini dengan melihatnya sendiri.

« Je le crois », dit la bonne en ramassant le balai.

"Saya rasa begitu," kata pembantu rumah itu sambil mengambil penyapu.

**Et elle a poussé son corps sur une longue distance à travers le sol.**

Dan dia menolak badannya jauh ke atas lantai.

**Mme Samsa fit un mouvement comme si elle voulait l'arrêter.**

Puan Samsa membuat pergerakan seolah-olah dia mahu menghentikannya.

**Mais finalement, elle a laissé la bonne faire glisser Gregor.**

Tetapi akhirnya dia membiarkan pembantu rumah itu menggoyangkan Gregor.

**« Eh bien, » dit M. Samsa, « enfin nous pouvons remercier Dieu. »**

"Baiklah," kata Encik Samsa, "akhirnya kita dapat bersyukur kepada Tuhan."

**Il fit le signe de croix : tête, poitrine, épaules.**

Dia membuat tanda salib; kepala, dada, bahu.

**Et les trois femmes suivirent son exemple religieux.**

Dan ketiga wanita itu mengikuti teladan agamanya.

**Grete, qui ne quittait pas le cadavre des yeux, dit :**

Grete, yang tidak mengalihkan pandangannya dari mayat itu, berkata;

**«Regardez comme il est maigre, il n'a pas mangé depuis si longtemps.»**

"Tengoklah dia kurus macam mana, dah lama dia tak makan."

**« La nourriture que je lui laissais chaque matin restait toujours intacte. »**

"Makanan yang saya tinggalkan untuknya setiap pagi sentiasa tidak disentuh."

**En fait, le corps de Gregor était complètement plat et sec.**

Malah, badan Gregor benar-benar rata dan kering.

**C'était plus visible maintenant qu'il était au sol.**

Ini lebih ketara sekarang setelah dia berada di atas tanah.

**Parce que son corps n'était plus soutenu par ses jambes.**

Kerana badannya tidak lagi diangkat oleh kakinya.

**Et parce que rien d'autre ne venait distraire la vue.**

Dan kerana tiada apa-apa lagi yang mengganggu
pemandangan.

**«Viens avec nous un moment, Grete», dit Mme Samsa.**

"Marilah masuk bersama kami sebentar, Grete," kata Puan
Samsa.

**Un sourire douloureux se dessinait sur ses lèvres lorsqu'elle
parlait.**

Ada senyuman pedih di bibirnya ketika dia berkata-kata.

**Grete les suivit, mais jeta aussi un coup d'œil en arrière au
cadavre.**

Grete mengikuti mereka, tetapi juga menoleh ke belakang ke
arah mayat itu.

**La bonne ferma la porte et ouvrit grand la fenêtre.**

Pembantu rumah itu menutup pintu dan membuka tingkap
sepenuhnya.

**Il était encore tôt, l'air était donc normalement froid.**

Hari masih awal, jadi biasanya udaranya sejuk.

**Mais il y avait aussi un mélange de chaleur dans l'air froid.**

Tetapi terdapat juga campuran kehangatan dalam udara yang
sejuk.

**Comme un doux rappel que c'était désormais la fin du mois
de mars.**

Seperti peringatan lembut bahawa sekarang sudah
penghujung bulan Mac.

**Les trois locataires sortirent alors eux aussi de leur chambre.**

Ketiga-tiga penyewa itu kini turut melangkah keluar dari bilik
mereka.

**Ils cherchèrent leur petit-déjeuner avec étonnement.**

Mereka memandang sekeliling dengan penuh kehairanan
untuk mencari sarapan mereka.

**Le petit-déjeuner a été oublié à cause de ce que la femme de
chambre a trouvé.**

Sarapan pagi terlupa kerana apa yang ditemui oleh pembantu
rumah itu.

**« Où est le petit-déjeuner ? » grommela l'homme du milieu.**

"Mana sarapan?" rungut lelaki tengah itu.

La bonne porta son doigt à sa bouche pour demander le silence.

Pembantu rumah itu meletakkan jarinya ke mulut untuk menyuruh orang senyap.

**Et elle salua les messieurs d'un geste rapide et silencieux.**

Dan dia tergesa-gesa dan senyap melambai kepada tuan-tuan itu.

**La servante fit entrer les trois messieurs dans la pièce.**

Pembantu rumah itu memimpin ketiga-tiga lelaki itu masuk ke dalam bilik.

**Et elle a continué à leur expliquer ce qui s'était passé.**

Dan dia terus menjelaskan kepada mereka apa yang telah berlaku.

**Et les trois messieurs se tinrent autour du corps de Gregor.**

Dan ketiga-tiga lelaki itu berdiri di sekeliling mayat Gregor.

**Les mains dans les poches, ils baissèrent les yeux.**

Dengan tangan di dalam poket mereka, mereka memandang ke bawah.

**La lumière du matin inondait désormais complètement la pièce.**

Cahaya pagi telah membanjiri sepenuhnya bilik itu sekarang.

**La porte de la chambre s'ouvrit alors et M. Samsa apparut.**

Kemudian pintu bilik tidur terbuka dan Encik Samsa muncul.

**D'un côté se trouvait sa femme, et de l'autre sa fille.**

Di satu sisi terdapat isterinya, dan di sisi yang lain terdapat anak perempuannya.

**M. Samsa portait déjà son uniforme.**

Encik Samsa sudah pun memakai pakaian seragamnya sekarang.

**On pouvait voir qu'ils avaient tous un peu pleuré.**

Dapat dilihat bahawa mereka semua menangis sedikit.

**Grete pressa son visage contre le bras de son père.**

Grete merapatkan mukanya ke lengan ayahnya.

**« Quittez mon appartement immédiatement ! » ordonna M. Samsa.**

"Tinggalkan apartmen saya sekarang!" perintah Encik Samsa.

**Et il désigna la porte sans laisser partir les femmes.**

Dan dia menunjuk ke pintu tanpa melepaskan wanita-wanita itu.

« Que voulez-vous dire ? » demanda l'intermédiaire, déconcerté.

"Apa maksud awak?" tanya orang tengah itu, keliru.

**Et il fit de son mieux pour sourire gentiment à M. Samsa.**

Dan dia sedaya upaya tersenyum manis kepada Encik Samsa.

**Les deux autres tenaient leurs mains derrière leur dos.**

Dua orang yang lain memegang tangan mereka di belakang badan.

**Et ils se frottèrent les mains d'impatience.**

Dan mereka menggosok tangan mereka bersama-sama tanda teruja.

**Ils semblaient s'attendre à une violente dispute.**

Mereka seolah-olah menjangkakan akan ada pergaduhan yang kuat.

**Mais ils semblaient se réjouir de la dispute à venir.**

Tetapi mereka nampaknya gembira dengan pertengkaran yang akan datang.

**Ils pensaient que le litige tournerait à leur avantage.**

Mereka beranggapan bahawa pertikaian itu akan memihak kepada mereka.

**« Je maintiens exactement ce que je viens de dire », a répondu M. Samsa.**

"Saya betul-betul maksudkan apa yang saya katakan tadi," jawab Encik Samsa.

**Il marchait en ligne droite avec ses deux compagnons.**

Dia berjalan lurus bersama dua orang rakannya.

**Et M. Samsa s'est adressé directement à leur responsable.**

Dan Encik Samsa terus menghampiri ketua lelaki mereka.

**Le monsieur resta d'abord immobile, le regard fixé au sol.**

Lelaki itu mula-mula berdiri kaku, memandang ke tanah.

**Le contenu de sa tête était encore en train de se réorganiser.**

Isi kepalanya masih tersusun rapi.

**« Très bien, nous y allons », dit-il en levant les yeux vers M. Samsa.**

"Baiklah, kami pergi," katanya lalu mendongak memandang Encik Samsa.

**Une nouvelle humilité semblait l'avoir soudainement envahi.**

Satu kerendahan hati baru seolah-olah tiba-tiba menguasai dirinya.

**Et il semblait demander la permission pour cette décision.**

Dan dia seolah-olah meminta izin untuk keputusan ini.

**M. Samsa ouvrit grand les yeux et hocha légèrement la tête.**

Encik Samsa membuka matanya luas-luas dan mengangguk sedikit.

**Les messieurs obéirent immédiatement à son ordre.**

Para lelaki itu segera mematuhi arahannya.

**Et ils ont effectivement fait de longues enjambées dans le couloir.**

Dan mereka sebenarnya telah melangkah jauh ke dalam lorong.

**Ses amis avaient déjà cessé de se frotter les mains.**

Kawan-kawannya sudah berhenti menggosok tangan mereka.

**Ils avaient écouté le déroulement de la conversation.**

Mereka sedang mendengar bagaimana perbualan itu berjalan.

**Et maintenant, ils couraient après lui, comme pris de peur.**

Dan mereka kini mengejarnya, seolah-olah dalam ketakutan.

**M. Samsa pourrait encore les isoler de leur chef.**

Encik Samsa mungkin masih mengasingkan mereka daripada pemimpin mereka.

**Ils ont sorti leurs bâtons du récipient.**

Mereka mengeluarkan kayu mereka dari bekas kayu itu.

**Et ils s'inclinèrent en silence avant de quitter l'appartement.**

Dan mereka tunduk tanpa suara sebelum meninggalkan apartmen itu.

**M. Samsa et les deux femmes sortirent sur le parvis.**

Encik Samsa dan kedua-dua wanita itu melangkah keluar dari halaman rumah.

**Mais en réalité, ils n'avaient aucune raison de se méfier de ces hommes.**

Tetapi sebenarnya mereka tidak mempunyai sebab untuk tidak mempercayai lelaki-lelaki itu.

**Ils s'appuyèrent sur la rambarde pour vérifier s'ils étaient partis.**

Mereka bersandar pada pagar untuk memeriksa sama ada mereka telah pergi.

**Les trois messieurs descendaient effectivement les escaliers.**

Ketiga-tiga lelaki itu memang sedang menuruni tangga.

**Ils disparurent dans un virage de l'escalier.**

Di selekoh tangga tertentu mereka hilang.

**Puis l'escalier les ramena à la vue.**

Dan kemudian tangga itu membawa mereka kembali ke pandangan.

**Ce phénomène d'apparition et de disparition se répétait à chaque étage.**

Kemunculan dan penghilangan ini berulang di setiap tingkat.

**Mais finalement, ils étaient presque arrivés au fond.**

Tetapi akhirnya mereka hampir sampai ke dasar.

**Plus ils avançaient, moins ils étaient intéressants.**

Semakin jauh mereka pergi, semakin tidak menarik perhatian mereka.

**Tout le monde est rentré à la maison, comme soulagé.**

Semua orang kembali ke rumah, seolah-olah lega.

**Ils décidèrent de profiter de la journée pour se reposer et aller se promener.**

Mereka memutuskan untuk menggunakan hari itu untuk berehat dan berjalan-jalan.

**Ils estimaient avoir mérité cette pause dans leur travail.**

Mereka merasakan mereka berhak mendapat rehat daripada kerja mereka ini.

**Non seulement ils méritaient cette pause, mais ils en avaient besoin.**

Bukan sahaja mereka layak mendapat rehat ini, mereka juga memerlukannya.

**Ils s'assirent à table pour écrire des lettres d'excuses.**

Mereka duduk di meja untuk menulis surat permohonan maaf.

**M. Samsa a adressé une lettre d'excuses à sa direction.**
Encik Samsa menulis surat permohonan maaf kepada pihak pengurusannya.
**Mme Samsa a écrit sa lettre d'excuses à ses clients.**
Puan Samsa menulis surat permohonan maaf kepada pelanggannya.
**Et Grete a écrit sa lettre d'excuses à son directeur.**
Dan Grete menulis surat permohonan maafnya kepada pengetuanya.
**Pendant qu'ils écrivaient tous, la bonne entra dans la pièce.**
Ketika mereka semua sedang menulis, pembantu rumah itu masuk ke bilik itu.
**Son travail du matin était terminé, elle rentrait donc chez elle.**
Kerja paginya sudah selesai, jadi dia akan pulang ke rumah.
**Les trois écrivains hochèrent d'abord la tête, sans lever les yeux.**
Ketiga-tiga penulis itu mengangguk pada mulanya, tanpa mendongak.
**Mais la bonne ne semblait pas encore vouloir partir.**
Tetapi pembantu rumah itu nampaknya belum mahu pergi sepenuhnya.
**Elle attendit un peu, jusqu'à ce que les trois écrivains lèvent les yeux.**
Dia menunggu sebentar, sehingga ketiga-tiga penulis itu mendongak.
**« Eh bien ? » demanda M. Samsa, en colère, comme l'étaient les autres.**
"Nah?" tanya Encik Samsa, marah, seperti yang lain.
**La bonne se tenait sur le seuil, un sourire aux lèvres.**
Pembantu rumah itu berdiri di muka pintu dengan senyuman di wajahnya.
**Elle donnait l'impression d'avoir de bonnes nouvelles à annoncer.**
Dia memberi gambaran seolah-olah ada berita baik untuk dilaporkan.

**Mais elle n'allait pas partager la nouvelle à moins qu'on ne le lui demande.**

Tetapi dia tidak akan berkongsi berita itu melainkan diminta.

**La plume d'autruche dressée sur son chapeau oscillait légèrement.**

Bulu burung unta yang tegak di topinya bergoyang sedikit.

**Cette plume d'autruche avait toujours agacé M. Samsa.**

Bulu burung unta itu selalu mengganggu Encik Samsa.

**« Alors, que voulez-vous ? » demanda Mme Samsa, d'un ton ferme.**

"Jadi, apa yang kamu mahukan?" tanya Puan Samsa, tegas.

**La bonne avait encore beaucoup de respect pour Mme Samsa.**

Pembantu rumah itu masih sangat menghormati Puan Samsa.

**« Oui », répondit-elle, et elle éclata d'un rire amical.**

"Ya," jawabnya, lalu ketawa mesra.

**Un instant, son rire l'empêcha de parler.**

Seketika tawanya menghentikannya daripada berkata-kata.

**« Tu n'as pas à t'inquiéter pour ce qui se passe chez le voisin. »**

"Awak tak payah risau pasal benda sebelah tu."

**« J'ai déjà prévu comment nous allons nous en débarrasser. »**

"Saya sudah mengatur cara bagaimana kita akan menyingkirkannya."

**Mme Samsa et Grete continuèrent à écrire leurs lettres.**

Puan Samsa dan Grete terus menulis surat mereka.

**Mais M. Samsa remarqua que la bonne n'avait pas encore terminé.**

Tetapi Encik Samsa perasan pembantu rumah itu belum selesai lagi.

**Elle voulait maintenant tout décrire plus en détail.**

Sekarang dia mahu menerangkan semuanya dengan lebih terperinci.

**Mais il tendit la main pour repousser ses avances.**

Namun dia menghulurkan tangannya untuk menolak usaha wanita itu.

**Elle s'est rendu compte qu'ils n'étaient pas intéressés par ses projets.**
Dia sedar mereka tidak berminat dengan rancangannya.
**Et puis elle se souvint de la grande précipitation dans laquelle elle avait été.**
Dan kemudian dia teringat akan kesibukan yang dialaminya.
**« Ciao alors », dit-elle, insultée par ce manque d'intérêt.**
"Ciao kalau begitu," katanya, tersinggung dengan kurangnya minat itu.
**Mais avant de partir, elle a claqué la porte très fort.**
Namun sebelum dia pergi, dia menghempas pintu dengan kuat.
**« Elle sera licenciée ce soir », a déclaré M. Samsa.**
"Dia akan dipecat pada waktu petang," kata Encik Samsa.
**Mais sa femme et sa fille étaient trop occupées pour lui répondre.**
Tetapi isteri dan anak perempuannya terlalu sibuk untuk menjawabnya.
**Parce que la bonne avait troublé leur paix nouvellement acquise.**
Kerana pembantu rumah itu telah mengganggu ketenteraman mereka yang baru diperoleh.
**La mère et la fille se levèrent pour aller à la fenêtre.**
Ibu dan anak perempuan itu bangun untuk pergi ke tingkap.
**Et, enlacés, ils restèrent là.**
Dan dengan pelukan antara satu sama lain, mereka kekal di situ.
**M. Samsa se tourna sur sa chaise pour les regarder.**
Encik Samsa berpusing di kerusinya untuk memandang mereka.
**Et pendant un moment, il les observa en silence, immobiles là.**
Dan untuk seketika dia diam-diam memerhatikan mereka berdiri di sana.
**Finalement, il leur cria : « Viendrez-vous à moi ? »**
Akhirnya dia berseru kepada mereka, "sudikah kamu datang kepadaku?"

«Oublions tout ça, d'accord ?»
"Kita lupakan semua perkara lama tu, boleh?"
«Viens à moi et accorde-moi un peu d'attention.»
"Datanglah kepadaku dan berikan aku sedikit perhatianmu."
**Les deux femmes firent ce qu'il leur avait dit et se précipitèrent vers lui.**
Kedua-dua wanita itu melakukan seperti yang dikatakannya, lalu bergegas ke arahnya.
**Ils lui ont fait une accolade affectueuse et l'ont embrassé.**
Mereka memeluknya dengan penuh kasih sayang, dan menciumnya.
**Ils retournèrent rapidement pour terminer la rédaction de leurs lettres.**
Mereka cepat-cepat kembali untuk menyelesaikan penulisan surat mereka.
**Puis, tous les trois, ils quittèrent l'appartement ensemble.**
Kemudian mereka bertiga keluar dari apartmen itu bersama-sama.
**Ils n'étaient pas sortis ensemble depuis des mois.**
Mereka sudah berbulan-bulan tidak keluar rumah bersama.
**Et ils prirent le tramway jusqu'à la périphérie de la ville.**
Dan mereka menaiki trem ke pinggir bandar.
**Ils avaient toute la rame du tramway pour eux seuls.**
Mereka mempunyai seluruh gerabak trem itu untuk diri mereka sendiri.
**La lumière du soleil inondait la pièce par la fenêtre.**
Cahaya matahari masuk dengan pantas melalui tingkap dari luar.
**La famille se cala confortablement dans ses sièges.**
Keluarga itu bersandar dengan selesa di tempat duduk mereka.
**Et ils ont discuté de leurs perspectives d'avenir.**
Dan mereka membincangkan prospek masa depan mereka.
**À y regarder de plus près, leurs perspectives n'étaient pas mauvaises.**
Setelah diperiksa dengan lebih teliti, prospek mereka tidaklah buruk.

**Tous les trois occupaient des emplois qui leur permettraient de gagner davantage.**

Ketiga-tiga mereka mempunyai pekerjaan yang berpotensi untuk memperoleh pendapatan lebih.

**Ils ne s'étaient jamais interrogés l'un sur l'autre concernant leur travail.**

Mereka tidak pernah bertanya antara satu sama lain tentang kerja mereka.

**Mais maintenant, ils avaient enfin le temps de discuter de ces choses-là.**

Tetapi kini mereka akhirnya mempunyai masa untuk membincangkan perkara-perkara seperti itu.

**Ils avaient également la possibilité de déménager dans un appartement plus petit.**

Mereka juga mempunyai pilihan untuk berpindah ke apartmen yang lebih kecil.

**Cela aurait le plus grand impact sur leur vie.**

Ini akan memberi impak yang paling besar kepada kehidupan mereka.

**Leur appartement actuel avait été choisi par Gregor.**

Apartmen mereka sekarang telah dipilih oleh Gregor.

**Mais maintenant, ils pourraient déménager dans un endroit plus abordable.**

Tetapi sekarang mereka boleh berpindah ke tempat yang lebih berpatutan.

**Un appartement plus petit, mais dans un endroit plus pratique.**

Sebuah apartmen yang lebih kecil, tetapi di tempat yang lebih praktikal.

**Parler de l'avenir a redonné vie à Grete.**

Bercakap tentang masa depan membuatkan Grete lebih bersemangat semula.

**Monsieur et Madame Samsa ont également remarqué d'autres changements chez elle.**

Encik dan Puan Samsa juga perasan perubahan lain pada dirinya.

**Ses joues étaient devenues pâles à cause de tous ses soucis.**

Pipinya menjadi pucat kerana segala kerisauannya.

**Mais à présent, leur fille s'épanouissait et devenait une femme remarquable.**

Tetapi kini anak perempuan mereka berkembang menjadi seorang wanita yang baik.

**C'était vraiment une belle et jolie jeune femme, maintenant.**

Dia benar-benar seorang wanita muda yang tegap dan cantik sekarang.

**Ses parents se turent et admirèrent leur fille.**

Ibu bapanya menjadi pendiam dan mengagumi anak perempuan mereka.

**Ils échangèrent un regard, communiquant inconsciemment.**

Mereka saling berpandangan sambil berkomunikasi tanpa sedar.

**« Il sera bientôt temps de lui trouver un homme bien. »**

"Tidak lama lagi akan tiba masanya untuk mencari lelaki yang baik untuknya."

**Le tramway était arrivé à destination et avait ralenti.**

Trem itu telah sampai ke destinasinya dan memperlahankan kenderaannya.

**Leur fille semblait confirmer leurs nouveaux rêves.**

Anak perempuan mereka seolah-olah mengesahkan mimpi baharu mereka.

**Elle fut la première à se lever et à étirer son jeune corps.**

Dia orang pertama yang berdiri dan meregangkan badannya yang muda.